中國古典詩詞精品賞讀

王維

陳殊原 編著

五洲傳播出版社

图书在版编目（CIP）数据

中国古典诗词精品赏读丛书：繁体版. 王维 / 陈殊原著. -- 北京：五洲传播出版社, 2024.1

ISBN 978-7-5085-4994-1

Ⅰ. ①中… Ⅱ. ①陈… Ⅲ. ①王维（699-759）－古典诗歌－诗歌欣赏 Ⅳ. ①I207.2

中国版本图书馆CIP数据核字(2022)第241312号

中国古典诗词精品赏读丛书

王维

出 版 人：关　宏
编　　著：陈殊原
责任编辑：苏　谦
图片编审：迟乃义
装帧设计：宁成春
出版发行：五洲传播出版社
地　　址：北京市海淀区北三环中路 31 号生产力大楼 B 座 6 层
邮　　编：100088
发行电话：010-82005927　010-82007837
网　　址：http://www.cicc.org.cn　http://www.thatsbooks.com
印　　刷：北京市房山腾龙印刷厂
版　　次：2024 年 1 月第 1 版第 1 次印刷
开　　本：710 × 1000 mm　1/16
印　　张：7.5
字　　数：50 千字
定　　价：68.00 元

編者的話

中國在歷史上是一個“詩歌的國度”，古典詩詞是中國傳統文化的奇葩。早在三千年前，我們的祖先就創作出了以“詩三百”爲代表的優秀詩篇。此后每個歷史年代，詩歌創作都結出豐碩的成果，其中不少名篇名句，膾炙人口，傳誦至今。這套“中國古典詩詞精品賞讀”書系，選取了歷史上最具代表性的詩人、詞人的優秀作品，並加以詳盡通俗的譯注、評解，試圖由此將古代中國人創造的最可珍貴的文化瑰寶介紹給當代海内外讀者。

以“國風”爲代表的《詩經》和以《離騷》爲代表的楚辭，無論是在思想内容上還是在藝術手法上，都對中國後世詩壇産生了深遠影響。中國詩歌至唐代而達到高峰，呈現出後人所稱譽的“盛唐氣象”和“少年精神”，而從李白、杜甫等詩人身上，從他們留下的詩歌中，不難看出“風”“騷”以來優秀傳統的回響。他們都有强烈的現實關懷，關注國家、社會、民衆等問題；而這種主題，往往是詩人通過自己的人生境遇和心靈歷程去感悟，通過描繪自然界山川萬物、人間世事民情來體現的。在唐詩的輝煌之後發展起來的宋代詩歌，成就也相當高，但最能表現此年代文學特殊成就的是詞。宋代優秀的詞家把這種長短句詩體運用到出神入化的地步，那或慷慨激昂、或委婉凄清的詞作，今天讀來仍有强烈的藝術感染力。可以説，唐詩宋詞是中國文學史上最有神采的篇章。

中國古代詩歌注重抒情、寫景，善於表現友情、親情、愛情、鄉情，以及其他複雜細微的個人情感。這形成中國詩歌又一個强大的傳統。在儒家思想影響下，中國詩歌幾乎從一開始就具有“發乎情，止乎禮義”的特點，情感的表達比較克制、内斂、含蓄，有别於西方的詩歌風格。與此同時，中國詩人們又强調“含不盡之意見於言外”，善於通過各種藝術手法傳達言外之意，給讀者以無窮的回味、想象空間。古代詩詞中的優秀之作往往寫得深情宛轉，富於形象性和音樂性，誦讀這些詩詞，可以受到多層次的藝術感染和美的熏陶。古典詩詞還善於表現自然之美及人與自然的融合。古人常説“詩中有畫，畫中有詩”，本書系中的每首作品，都配以當代畫家根據詩詞意境繪製的中國畫，通過欣賞這些詩、畫，可以更深刻地領悟到中國古代藝術作品中的詩情畫意，品味其藝術之美。

除了“詩情畫意”的特色外，本書系以各位詩人、詞人單獨成册，以更清楚地展示其不同的個性和藝術風格；各分册包括詩人小傳與作品賞析兩部分。對每篇作品的賞析，又分爲題解、句解、評解三個章節：題解交代創作背景；句解用現代語文對詩詞進行逐句意譯，對某些難懂的字詞作注釋；評解部分則提要鈎玄，對作品特色進行點評。我們的本意，首先是幫助讀者減少閱讀中的文字障礙，繼而是理解詩詞的思想内容、藝術特色和寫作技巧。

中國古代經典詩篇把漢語升華到至美至純的境界，足以使每個中國人感到自豪。這些作品是聯接所有炎黄子孫思想、情感的文化紐帶，無論身在國内，還是身在海外，優秀的詩歌對讀者的感召力都是相通的。一個喜愛祖國傳統文化的人，可能會不斷地接觸和學習祖先的這些遺産。久而久之，這些優秀文化中的一部分會積澱下來，構成每個人頭腦中一道美麗的藝術長廊，不斷給人以教益、激勵和藝術享受。我們期望，本書系所介紹的詩詞名篇能够成爲這道藝術長廊的組成部分。

本書系所介紹的詩人、詞人，都各有很多傳世名篇，限於篇幅，書中每人只選取了二三十首代表作品。限於編輯水平，書中會有種種不盡如人意之處，敬請讀者朋友提出寶貴意見。

目　录

王維簡介

王維的大半生都生活在盛唐時代。和許多歷史人物一樣，他的生卒時間一直存在異説。爲大多數人採納的説法是，王維生於武后長安元年（701），與李白同年，卒於肅宗上元二年（761），終年六十一歲。

關于王維的出生地，也有争議。一説他原爲太原祁人（今山西祁縣），後移家於蒲州（今山西永濟縣）；一説他祖籍太原祁縣，出生於蒲州。可以肯定的是，王維是山西人。

王維生於官宦世家。雖然父親早喪，家世衰落，但他還是得到了良好的教育，九歲時即能吟詩作文。十五歲時，少年王維來到長安謀求功名，並常來往於長安和洛陽之間。

從家鄉來到繁華的帝都，經歷從未經歷的異鄉行游，見到從未見過的風光人物，他詩興大發。他寫長安的游俠少年，寫功高無賞的老將軍，寫建功報國的理想，寫客居異地的鄉思……這些充滿着青春激情和浪漫氣息的詩篇，顯示着一個少年的非凡才情。

少年王維的詩名迅速傳揚。《舊唐書》記載了他所受到的禮遇："凡諸王駙馬豪右貴勢之門，無不拂席迎之，寧王、薛王待之如師友。"

開元九年（721），王維進士及第，從此走上仕途。

關於王維的應舉，《集異記》中記載了一段有趣的逸事：這一年春天，王維在岐王李範的帶領下來見公主。這是怎樣的一個少年？"妙年潔白，風姿都美"，"風流蘊藉，語言諧戲"。他彈撫琵琶，聲調哀切，滿座爲之動容，引得公主對他另眼相看。當他詠誦自己的詩作時，公主大驚，想不到一直被自己以爲是古篇的佳作皆出於這個少年之手！於是，公主推薦二十一歲的王維做了進士解頭。

這段逸事不被正史記載，未必屬實。但中進士後的王維做的第一個官確實與音樂有關——太樂丞，負責管理國家的音樂舞蹈事務。

“三十老明經，五十少進士”。在唐朝，考取進士並不容易，以至於五十歲的進士都算是年少的。此時的王維剛剛二十出頭，青春得志，意氣風發。

然而，初入仕途的王維便碰了釘子。因爲署中伶人舞黄獅子犯禁，他受牽連被貶。開元九年秋，王維離開長安，前往濟州任司倉參軍，一個看管糧倉的小官。

濟州在今山東茌平西南，王維在那裏度過了四年多的光陰。他的生活孤寂無聊，但美麗的自然風光還是吸引了他。他常在濟州附近游覽，並和當地的隱者賢士來往，和他們吟詩唱和。

開元十四年（726）春，王維辭去司倉參軍之職，離開濟州。旅途中，他被淇上的田園風光吸引，在此閒住了兩年。

也許是忍受不了隱居的寂寞，開元十七年（729），王維回到長安閑居。此次重返長安，他結識了詩人孟浩然。孟浩然之前來長安應試，落第後滯留長安。當孟返回襄陽時，王維作詩送别，詩云：“杜門不欲出，久與世情疏。以此爲長策，勸君歸舊廬。”意思是勸孟浩然回鄉隱居，不必辛辛苦苦地來長安舉試求官。之所以會有這樣的話，是因爲王維自己仕途、人生的不如意：年少高中，以爲從此可大展宏圖，却遭貶謫；正當青春年華，却賦閑在家，心中自然不是滋味。

開元十九年（731），王維的妻子去世，當時王維僅三十一歲。這之後，他不復續娶，獨自一人度過了餘生。

開元二十一年（733），張九齡上臺執政，王維已經冷却的政治熱情又重新燃燒了起來。一年之後的秋天，他從長安赴東都洛陽，寫詩給張九齡，讚譽張“所不賣公器，動爲蒼生謀”，並大膽地自薦：“賤子跪自陳，可爲帳下不？”

但是，王維對自己是否能得到張九齡的任用還心存疑慮。於是，在嚮張九齡獻詩之後，他立刻前往嵩山隱居。嵩山地近洛陽，隱於此正可待機而出。

幸運再次降臨，張九齡欣然接納了他。開元二十三年（735），在張九齡薦舉下，王維離開嵩山，到東都洛陽任右拾遺，爲當政者提供建議。第二年隨玄宗返回長安，仍任右拾遺。

然而，歷史很快又轉換了方嚮。開元二十五年（737），張九齡被貶爲荆州長史，口蜜腹劍的李林甫取得了唐玄宗的信任，掌握了朝政。昔日得到張九齡重用的官員有的貶，有的死。在這場混亂中，王維的官職却反倒得到昇遷，於這年秋天遷河西節度府，任監察御史兼節度判官。他保住了性命，却再次被逐出權力中心長安。

經歷再一次沉重的打擊，心情怎樣，王維没有多説。在邊塞，他似乎反倒有種興致高漲的感覺。一望無際的大漠、奇異瑰麗的風光吸引了他，還有邊疆軍旅生活，也重新温熱了他年少時的一腔熱血。“大漠孤烟直，長河落日圓”，靈感就這樣來了。在不到一年的時間裏，他留下了三十多首邊塞詩。

開元二十六年（738）夏，三十八歲的王維重新回到長安，繼續擔任監察御史。兩年後，昇殿中侍御史。這一年冬天，他南下出了一趟差：自長安經襄陽、郢州、夏口至嶺南，主持嶺南當地的官吏選拔。

途經襄陽時，王維興衝衝地前去探訪好友孟浩然。得到的消息却是孟浩然已經去世了，王維不由痛哭流涕。孟浩然比王維年長十二歲，二人不僅友情深摯，詩歌創作亦有諸多相近之處。後人將他們合稱爲“王孟”，並列爲唐代山水田園詩派的代表。

開元二十七年（739）春，王維自嶺南歸長安，下半年開始在長安南郊的終南山隱居。

約在天寶三年（744），王維購得了原屬初唐詩人宋之問的藍田輞川别墅。經過一番修繕，輞川山莊成了王維遠離世事、怡山樂水的清静之所。青松明月，白石清泉，古木衰柳，飛鳥夕嵐，所有的一切讓他陶醉癡迷。自此以後，他經常和好友裴迪一起，在這裏優哉游哉，賞景賦詩。

之後，王維歷任侍御史、庫部員外郎、庫部郎中。他不願同流合污，但又做不到像陶淵明那樣不爲五斗米折腰，徹底地歸隱山林，於是便以這種半官半隱的方式，在混濁的官場中保有心靈的自由。

天寶九年（750），五十歲的王維失去了母親崔氏，此後兩年時間在輞川丁憂守喪。崔氏信佛，師事一代名僧大照禪師三十餘年，一生褐衣蔬食，持戒安禪，對王維影響甚深。這從王維的名字中亦可看出。王維名維，字摩詰，名、字連讀便是“維摩詰”。佛經中有一部《維摩詰所説經》，其中的維摩詰，通達甚深般若智慧，是一位得到釋尊稱許的大居士。

丁憂服滿後，王維出任吏部郎中，後任文部郎中、給事中。公餘閑暇，他依然時時回到輞川，徜徉於山水田園間。

宋代魏慶之編的《詩人玉屑》評王維“秋水芙蕖，倚風自笑”，可説是對輞川時期的王維最形象、最貼切的讚美——秋水荷花，出淤泥而不染，清麗脱俗，天然美好，迎風而笑，風姿神韻，令人神往。而這一時期，也是王維詩歌創作的最高峰。《輞川集》等一系列詩作，成爲中國詩歌史上的一個標誌：自魏晉而興的山水田園詩，在王維那裏得到了一次全面的總結和顯著的提高。

儘管王維志在山水，且醉心佛學，以避世事，但他不在世外，世人的紛擾他終究逃避不了。

天寶十四年（755），安禄山反，徹底改變大唐命運的安史之亂爆發。次年，安禄山帶兵打進長安城。唐玄宗帶着他的愛妃、兒孫倉皇出逃。王維扈從不及，爲賊所獲，雖假裝生病，仍被囚禁到洛陽菩提寺。在刀劍的逼迫下，王維接受了給事中的僞職。

這一件事，令王維自己深以爲恥，也讓他備受後人指責。崇尚理學的宋朝人甚至認爲王維人品不好，連他的詩也不要看了。而同樣被叛軍抓獲却幸運逃脱的唐代詩人杜甫却更能理解王維，他寫詩爲之辯白："一病緣明主，三年獨此心。"杜甫將王維比作南北朝時出使到北方被迫爲官的庾信，説他們都是迫不得已而不是主動投降。

事實也確如杜甫所言。有王維《凝碧池》詩爲證："萬户傷心生野烟，百官何日再朝天？秋槐葉落空宫裏，凝碧池頭奏管弦。"安禄山占領長安後，在凝碧池大宴群臣，叫來唐玄宗的梨園子弟奏樂助興。樂工雷海青忍不住内心憤慨，在演奏中摔碎樂器，嚮着玄宗的方嚮慟哭，結果被安禄山殘殺。裴迪將此消息告訴了囚於菩提寺中的王維，王維深受感動，揮筆寫下了這首詩，從中可見他當時的政治態度。

也正是這首詩，使王維在後來保得一命。至德二年（757），唐軍先後收復長安、洛陽，王維和其他投降安禄山的官員被抓了起來。由於唐肅宗讀過《凝碧池》，知道王維還是站在大唐一邊，加之王維的弟弟王縉願以自己的官位贖其兄之罪，王維得到赦免。

至德三年（758）春，王維復官，官職是太子中允，加集賢殿學士；很快又升爲太子中庶子、中書舍人；入秋，再次被任命爲給事中。上元元年（760），六十歲的王維任尚書右丞，這是他一生所得到的最高官位，人們因此又稱他"王右丞"。

赦免之後，王維的官職一昇再昇，當時的詩人賈至、岑參、杜甫等多與他互相唱和，更有炙手可熱的權臣嚴武與之往來。在常人看來，此時的王維仕途通達，人生得意，可實際上王維的政治熱情早已消失殆盡，反而更加專注於佛學，自言“一生幾許傷心事，不嚮空門何處銷！”《舊唐書·王維傳》中記載，晚年王維“在京師日飯十數名僧，以玄談爲樂。齋中無所有，惟茶鐺、藥臼、經案、繩床而已。退朝之後，焚香獨坐，以禪誦爲事”。

上元二年（761）春，王維弟弟王縉蜀州刺史的任期結束，却没有被朝廷召回。王維上表，希望削掉自己的官職，放歸田里，换得王縉回京師。王氏兄弟手足情深，可見一斑。就在這年七月，王維病逝。《舊唐書》記載：“（維）臨終之際，以縉在鳳翔，忽索筆作别縉書，又與平生親故作别書數幅，多敦厲朋友奉佛修心之旨，捨筆而絶。”

王維逝後被埋葬在生前最喜歡的輞川山莊中，從此與明月清風、松林山泉相伴長眠。

到唐代宗時，代宗非常喜歡王維的詩，讚王維爲“天下文宗”，並令王縉將其作品整理成集。這就是流傳下來的《王右丞集》，其中收録了王維的四百餘篇詩歌。

盛唐時代，詩歌已衆體皆備。王維於各種詩體無所不長，堪稱全才。明代高棅在《唐詩品彙》中，論五、七古以王維爲名家，五、七律和五絶以王維爲正宗，七絶以王維爲羽翼。事實上，王維所寫的六言詩、雜言體樂府和楚辭體等，也莫不具有深厚的造詣。但影響最大、今存數量最多的，還是王維的五言詩，人們稱其爲“五言宗匠”。

王維詩歌的風格、情調，前後期有明顯的不同。前期詩篇多充滿豪情，富於進取，情調慷慨激昂。後期則多轉嚮山水田園，表達閑情逸致或佛家禪理。而對後世影響最大的，還是他的山水田園詩。這些詩清淡而不單薄、自然而不粗陋，言有盡而意無窮，正代表了中國古典詩歌所追求的一種理想境界。

清人趙殿成《王右丞集箋註》云：“唐之詩家稱正宗者，必推王右丞。同時比肩者如孟襄陽、韋蘇州、柳柳州，未能或之先也。孟格清而薄，韋體澹而平，柳質幽而激，惟右丞通於禪理，故語無背觸，甜徹中邊，空外之音也，水中之影也，香之於沉實也，果之於木瓜也，酒之於建康也。使人索之於離即之間，驟然去之而不可得，蓋空諸所有，而獨契其宗。”

王維在詩歌藝術上的成就，與他的“博學多藝”息息相關。他精通音樂，曾爲太樂丞；書法上兼長草、隸各體；繪畫才能尤爲特出，曾自負地說自己“宿世謬詞客，前身應畫師”，後人亦奉其爲南宗畫派之祖。

在繪畫、音樂等方面所具有的深厚藝術素養，使王維比一般人更能精確、細緻地捕捉到自然界的美和千變萬化，在詩歌中也更講究構圖佈局、設辭着色，更注意詩歌音調的和諧，從而形成了“詩中有畫”“詩中有樂”的獨特風格。正是在詩情、畫意、樂韻的互相滲透和生發中，王維豐富和發展了中國古典詩歌的抒情藝術。

後世多尊王維爲“詩佛”，與李白“詩仙”、杜甫“詩聖”並列。受母親影響，王維很早就開始信奉佛教。終其一生，對佛學尤其是禪宗禪法，修習踐行，有着很深的領會。王維喜與僧人交游，見於他詩文之中的就有道光禪師、璿上人、道一禪師、瑗公上人、神會禪師等十餘位。由於傾心南宗禪法，王維還應神會之請，爲禪宗南宗六祖慧能撰寫了《六祖能禪師碑銘》，成爲研究慧能生平最原始的材料。王維本人也成爲唐代詩人中第一個出來宣揚南宗學説的人。

誠如金人元好問所説，“詩爲禪客添花錦，禪是詩家切玉刀”，王維在詩歌藝術上的成就，很大程度上得益於禪學思想的熏陶。

禪宗是一種中國化的佛教，它要求人們對一切境遇不生憂喜悲樂之情，不塵不染，心念不起。王維是一位禪者，他以禪宗的態度來對待人世的一切，所以能用安静從容的閑適心情，去觀照大自然中萬物的動、静、生、息，沉潛到自然的幽深之處，從而看到了浮躁的世人容易忽視的細微生靈以及難以覺察的微妙變幻。他喜歡寫空山的寂静幽美、寫山花的自開自落、寫山林的月光日影，他喜歡用“静”“遠”“閑”一類字樣，還有“禪”“寂”“空”等佛家用語，這些都使他的詩有一種其他詩人難以企及的静美之形、澂明之態、寂悦之相。

而禪宗的一些修持方法，又和中國詩歌有着相通之處。詩和禪都需要敏鋭的内心體驗，都强調啓示和象喻，都追求言外之意，所以宋代文論家嚴羽説：“大抵禪道惟在妙悟，詩道亦在妙悟。”王維參禪有得，自然對“妙悟”這種把握世界的方法深有體會，而將之融於詩歌，便造就了其生於象外、入於詩心，詩境與禪境合一的獨到境界。

在唐開元、天寶時代，王維是當時最有名望的詩人，李白、杜甫都不及他。天寶末年殷璠編《河嶽英靈集》，列王維爲盛唐詩人之首，却不提李白。直到貞元、元和時，李、杜在人們心目中的地位纔高於王維。出現這一現象的原因頗爲複雜。但無論如何，王維的詩在整個中國古典詩歌中自成一派，影響久遠。現代學者聞一多便曾説：“王維替中國詩定下了地道的中國詩的傳統。”换言之，不讀王維，就難以徹見中國詩歌藝術的精髓。

九月九日憶山東兄弟

獨在異鄉爲異客，
每逢佳節倍思親。
遥知兄弟登高處，
遍插茱萸少一人。

題解

王維少年早慧，九歲時便能賦詩作文。這首詩是他十七歲時的作品。

九月九日，即重陽節。維家居蒲州（今山西永濟），在華山之東，所以題稱“憶山東兄弟”。維兄弟共五人，維居長，詩題中的“兄弟”實指四位弟弟。少年王維曾在長安、洛陽一帶游學，寫這首詩時他正在長安謀取功名。

九月九日憶山東兄弟　詩意圖　戴敦邦 繪

【句 解】

獨在異鄉爲異客，每逢佳節倍思親

離開生於斯長於斯的故土，去到陌生的異地，總會讓人感到不習慣。何况在古代社會，不同地域間的風土、人情、語言、生活習慣相差巨大，交通又極不發達，這種環境的變换會更令人難以適應，思鄉之情自然也就更爲濃重。

王維十五歲即離鄉赴兩都游學，謀求進取。對這位熱衷仕進的少年而言，繁華的帝都雖然有着很大的吸引力，但畢竟是舉目無親的“異鄉”。而且越是繁華熱鬧，在茫茫人海中的游子就越顯得孤孑無親。詩人正是深解其中滋味，所以連用兩個“異”字，分量下得很足。一個“獨”字，又準確地概括了詩人此時的生活狀態：孤獨寂寞。

平日裏，因爲有事可爲，這種感情被湮没在來來往往的熱鬧中。而一到節日，衆人都回家團聚，衹剩下詩人無處可去，這種思鄉之情就爆發出來，一發而不可抑止。

“每逢佳節倍思親”的體驗，可以説每個飄零的游子都曾有過。但在王維之前，却没有任何人用這樣樸素無華而又高度概括的詩句成功地表現過。一經詩人道出，它就成了最能表現思親感情的經典格言，傳誦千古。

王維是一位敏感、深情的詩人。在直抒胸臆後，他開始猜想此時此刻的親人們在做什麽。

遥知兄弟登高處，遍插茱萸少一人

“茱萸”，一種有香氣的植物。古代有重陽登高的風俗，登高時將茱萸插於頭上，據説可以避災。

詩人遥想着家中的兄弟們佩插茱萸，登上了山的高處，環顧四週，却發現少了一個人，那就是正獨處異鄉的自己。

如果衹是一般化地描寫自己身處異鄉，無法和兄弟們一起在重陽日登高，無法和親人團聚，雖然也能寫出思親之情，却會顯得平直，缺乏新意與深情。高明的詩人另闢蹊徑，在結尾兩句一下將視野從長安拉嚮家鄉，將焦點從自己轉嚮親人。

登高的兄弟們正興致勃勃，突然發現他們的大哥並不在身邊，大家的歡樂情緒頓時低落下來。而讓“缺席”的詩人遺憾的，好像不是自己未能和故鄉的兄弟共度佳節，反倒是兄弟們的佳節因少了自己未能圓滿快樂；似乎自己“獨在異鄉爲異客”的處境並不值得訴説，反倒是兄弟們的缺憾更需要體貼。從中可見，詩人的思親之情是何等的深切！清人張謙宜評曰：“不説我想他，却説他想我，加一倍凄凉。”

王維的另外一首詩《相思》，叙寫對朋友的思念，末兩句“勸君多採擷，此物最相思”，和這兩句有異曲同工之妙。

評解

古人或久宦在外，或久戍邊關，或長期流離漂泊，思鄉懷人之情往往極濃極重，這類詩歌因而也特别多。王維的這首小詩，與他後來那些精緻優美的山水詩篇不同，寫得十分直白樸素，却成爲傳誦千古的名篇。從這首詩誕生後，每到佳節，客居他鄉的游子都會不由自主地吟誦它，用它排解心中的思鄉之情。

少年行（其一）

新豐美酒斗十千，
咸陽游俠多少年。
相逢意氣爲君飲，
繫馬高樓垂柳邊。

題解

七絶組詩《少年行》是王維早年的作品，共四首，分詠少年游俠高樓縱飲的豪情、報國從軍的壯懷、勇猛殺敵的氣概和功成無賞的遭遇。各首均可獨立，合起來又是一個整體。

本篇爲組詩第一首，寫少年游俠的日常生活。詩人精心選擇了高樓縱飲這一典型場景，寫出了少年游俠特有的富於詩意的生活情調和精神風貌。

少年行（其一） 詩意圖　蕭惠珠 繪

【句解】

新豐美酒斗十千，咸陽游俠多少年

"新豐"，距唐朝都城長安約三十公里，以出産美酒著名，故址在今陝西臨潼縣東北。"斗十千"，言美酒價貴。"咸陽"，本是秦代都城，這裏借指唐都城長安。

酒能助興，所以古代詩詞中常常有美酒便有豪情。一代梟雄曹操"對酒當歌"，慨嘆"人生幾何"，然後有"周公吐哺，天下歸心"的雄心壯志；詩仙李白"斗酒十千恣歡謔"，然後豪言壯語："天生我材必有用，千金散盡還復來"；灑脱的蘇軾説"明月幾時有，把酒問青天。不知天上宫闕，今夕是何年"，飄飄有凌雲之氣……衹是，在這些豪情的背後，總是隱藏着或深或淺的悲愁。這樣的酒，既是壯興的瓊漿，也是澆愁的麻藥，喝來往往是酒不醉人人自醉。

而王維筆下的酒客，不是這些已經看過世事浮雲、經歷過起起伏伏的人，他們是一群青春正當年的少年游俠。少年不識愁滋味，他們的心就如明淨的天空，還没來得及沾染一絲的哀愁，有的衹是滿腔的豪情、俠義，以及對未來的無限憧憬。這樣的少年游俠喝起酒來，又是如何一番景致？

相逢意氣爲君飲，繫馬高樓垂柳邊

簡簡單單的"意氣"兩個字，包含的内容却很豐富。殺敵衛國的激情、建功立業的渴求、重義疏財的俠義、豪縱不羈的氣質等等，都是少年游俠的共性，也都可以包含在這"意氣"之中。而這一切，對少年游俠們來説，無須經過長期交往，衹要相逢片刻，攀談數語，就可以彼此傾心，一見如故。這就是所謂"相逢意氣"。路逢知己，意氣相投，彼此都感到一定要開懷暢飲，要爲對方乾上一杯又一杯。"爲君飲"三個字，好似出自正在暢飲的少年游俠之口，繪聲繪色，少年游俠的豪邁不羈、意氣風發立刻便躍然紙上。

按照常理，接下去就該描寫宴飲的場面了。然而詩人的筆却突然停住，不是繼續寫少俠們如何推杯换盞，如何高談闊論，而是轉嚮了一個不被常人注意的畫面：被少年們隨便安置在酒樓旁的馬匹。

所謂"健兒須快馬，快馬須健兒"，馬是俠客密不可分的伴侣。少年游俠結伴來到酒樓下，隨手將馬拴在旁邊的柳樹上。這種隨意，是少年人纔有的隨意。他們不會考慮週全，不會小心翼翼。他們一見傾心，想到的衹是如何結交朋友，根本想不到馬的事。

由這一幅畫面，人們自然便會聯想到不在畫中的，高坐於酒樓之上的少年游俠。畫面中雖不見人，但酒樓上暢飲豪談之情態，少年游俠之豪爽、重情，已由這張繫馬圖暗示得淋漓盡致。這樣的結尾，將無限的想象空間留給了讀者，意在畫外，詩意無限。

評解

雕梁畫柱的高樓旁，垂柳依依，綠意濃濃。高樓上，一片熱鬧，恣意歡樂的少年游俠慷慨激昂，把酒暢飲。駿馬、華樓、綠柳、少俠，這是一幅充滿浪漫和青春氣息的圖畫，也是王維曾經非常熟悉的圖畫。少年時期，王維在長安求功名期間，曾有過一段游俠經歷，他在後來的詩中回顧説“少年曾任俠”。正因如此，他寫起這些少年游俠來，纔如此得心應手，毫不費力。

唐代有不少詩人都寫過少年游俠。如李白的“五陵年少金市東，銀鞍白馬度春風。落花踏盡游何處，笑入胡姬酒肆中”（《少年行・其二》），所寫少年游俠俊朗瀟灑，放蕩不羈；高適的“未知肝膽嚮誰是，令人却憶平原君”（《邯鄲少年行》），滲透着詩人自己沉淪不遇的深沉感慨。而王維筆下的少年游俠，瀟灑而不放蕩，慷慨而不悲涼，既有青春的浪漫色彩，又洋溢着濃郁的生活氣息。

觀獵

風勁角弓鳴，將軍獵渭城。
草枯鷹眼疾，雪盡馬蹄輕。
忽過新豐市，還歸細柳營。
回看射雕處，千里暮雲平。

題解

詩題一作《獵騎》，係王維早年的作品。

詩的内容不過是一次普通的狩獵活動，却寫得激情洋溢，豪興飛揚。

觀獵 詩意圖　劉大爲 繪

【句解】

風勁角弓鳴，將軍獵渭城

“角弓”，用角裝飾的硬弓。“渭城”，即秦時咸陽故城，在渭水北岸。

詩人觀獵，未見其人，先聞其聲——强勁的北風吹過拉開的緊綳的弓弦，硬弓“嗖嗖”作響，發出尖鋭的顫音。這個精彩的細節，立刻渲染出“馬作的盧飛快，弓如霹靂弦驚”的緊張氣氛，也唤起了讀者的好奇心：勁風中射獵的，該是何等英雄人物？

第二句將軍的出場，恰合讀者的期待。詩的一二句如果顛倒順序，便懸念全無。手持硬弓、孔武有力的將軍是如何打獵的呢？

草枯鷹眼疾，雪盡馬蹄輕

“草枯”，則動物無處藏身，成爲獵鷹捕捉的目標；“雪盡”，則地面乾燥，獵馬跑起來格外輕鬆。“鷹眼疾”“馬蹄輕”，僅僅六個字，但獵鷹發現目標後閃電般飛撲過去、獵騎疾風般追踪而至的迅猛之勢，已躍然紙上，活靈活現。呼之欲出的，是那位策馬驅鷹的將軍。詩人雖没有對將軍進行任何正面描寫，但讀者都已確信無疑，他是何等勇武矯健、豪邁瀟灑。

忽過新豐市，還歸細柳營

“新豐市”，故址在今陝西臨潼縣，與渭城相距七十餘里。“細柳營”，在今陝西長安縣，與新豐市又相隔七十餘里。相距過百里的兩地，詩人輕輕鬆鬆地用“忽過”“還歸”連接起來，足見大獲而歸的將軍馳騁之疾速，令人有瞬息千里之感。

更深一層的意味在於，“新豐市”乃當時出産美酒的盛地（王維詩便有“新豐美酒斗十千”之句），“細柳營”本是漢代名將周亞夫屯軍之地，兩個看似尋常的地名，實際暗喻着這位狩獵的主人公同樣具有名將的瀟灑與風度。

狩獵、歸營，輕鬆快捷，彷彿是一瞬間的事，想必將軍一直心情澎湃。當他回到營地，心境平静下來，情不自禁地回望遠方：

回看射雕處，千里暮雲平

遥看剛纔狩獵的地方，已經是千里之外，夕陽西下，風定雲平。

此景遥接篇首。全詩首尾不但彼此呼應，而且適成對照：當初是風起雲涌，與出獵的緊張氣氛相應；此時是風定雲平，與獵歸後喜悦滿足的心境相稱。一切景語皆情語，在景的變化中見情的消長，堪稱妙筆。

“射雕”是一個著名的典故。據《北史·斛律光傳》記載：斛律光打獵時，見到雲中一隻大鳥，射中其頸，形如車輪，旋轉而下，乃是一雕，因此被人稱爲“射雕手”。此言“射雕”，有暗示將軍臂力强、箭法高之意。

想來將軍回看射雕處，必當有興致未盡之感。那樣，也許在將來的某一日，會進行另外一場同樣激烈的狩獵。詩的這一結尾，遥曳生姿，饒有餘味。

評解

這首詩寫了一場完整的狩獵活動，没有大場面的描寫，衹有細節的點染。“角弓鳴”“鷹眼疾”“馬蹄輕”三個細節將狩獵情景寫得有聲有色，令讀者有身臨其境之感。“忽過”“還歸”抓住的是將軍回營途中最有代表性的動作，讓讀者似乎感受到了將軍飛馳而過産生的風。而這些細節的共同特徵，就是具有極强的張力和動感。這使詩歌充滿了嚮上的活力，正如此時的王維，英姿勃發，青春激揚。

全詩的結構一氣呵成，而又層次分明：以動景起句，渲染氣氛；中間四句以飛動的意象、明快的節奏，生動逼真地展現了將軍打獵、歸營的情狀；以静景結尾,首尾回環映照。可以説，這首詩起得奇險，收得灑脱，字字錘煉，句句得法，承接有序，一氣流走。難怪清人沈德潛對其藝術手法嘆爲觀止：“章法、句法、字法俱臻絶頂，盛唐詩中亦不多見。”（《唐詩别裁集》）

西施詠

艷色天下重，西施寧久微？
朝爲越溪女，暮作吴宫妃。
賤日豈殊衆，貴來方悟稀。
邀人傅脂粉，不自着羅衣。
君寵益驕態，君憐無是非。
當時浣紗伴，莫得同車歸。
持謝鄰家子，效顰安可希！

題解

這是一首以美女西施爲題材的五古。創作時間應在公元753年前，一般認爲是詩人早期的作品。

西施、王昭君、貂蟬、楊貴妃號稱古代四大美女。《吴越春秋》和《越絶書》中都有西施的故事。據説她是春秋時期越國有名的美女，本是浙江暨南苧蘿山下的浣紗女。吴越争霸，越王勾踐兵敗退守會稽，卧薪嘗膽，謀劃反攻。他採納了大夫文種的計謀：給喜好女色的吴王夫差進獻美女，使其耽於玩

西施咏 詩意圖 陳謀 繪

樂，疏於政事，從而給越國進攻吴國創造機會。美麗的西施被發現，大臣范蠡將其訓練三年之後，獻給吴王。吴王從此爲西施所惑，最終吴國被越國所滅。西施的結局，一説被越國王后嫉妒毒死，一説與范蠡同歸，隱居洞庭湖。

【句解】

艷色天下重，西施寧久微

擁有被天下人推重的美貌，西施又怎會長久地低賤呢？然而，祇要擁有“艷色”，就一定不會“久微”嗎？其實未必，天下艷色被埋没的，又豈在少數。試想西施一個山間洗衣女子，即使再怎麽傾城傾國，如果没有范蠡的發現、越王的首肯，又怎能登堂入室，聞名天下呢？看似肯定的開頭，其實寓有深意。

朝爲越溪女，暮作吴宫妃

早上還是越國溪水邊的浣紗女，晚上就成了吴國宫殿裏的妃子。詩人將西施數年的生活誇張地概括爲一“朝”一“暮”，突出了西施地位的急劇變化。由朝至暮，時間何其短；從越溪女到吴宫妃，地位變化又何其大。這樣的誇張，更顯出世情、人生變化的無常。

一旦“艷色”被上層統治者所看重，越女西施便一步登天，身價百倍，世人也對西施刮目相看。詩人對此頗有感慨：

賤日豈殊衆　貴來方悟稀

貧賤時的西施又哪裏顯得與衆不同了呢？一旦顯貴了，人們纔發現她的美麗世間少有。西施本就美麗，却祇有選作吴王妃時，纔被人們看作稀世美人。詩的言外之意是：一個人有無“艷色”無關緊要，緊要的是，她是“貴”還是“賤”。貧賤時，世人不會注意到你的美；富貴了，讚美與鮮花就會紛至沓來。

美貌爲世所用的西施進入吴宫後，過着怎樣的生活呢？

邀人傅脂粉，不自着羅衣

胭脂水粉讓人爲她塗，羅衣輕紗也要人幫她穿。原來的西施爲别人洗衣，宫殿裏的西施衣來伸手，真是天壤之别。

君寵益驕態，君憐無是非

吴王的寵愛，使西施益發嬌縱，更没有人敢説西施的是非。在君王的寵愛下，平凡樸實的浣紗女已完全變成了恃寵驕横的宫妃。詩人措辭委婉，譴責之意隱約可見。

當時浣紗伴，莫得同車歸

當時與西施一起洗衣服的女伴，没有一人能與西施同坐一車嫁給君王。幸運的西施衹有一個，西施的機遇可遇不可求。所以，詩人最後説：

持謝鄰家子，效顰安可希

奉勸鄰家的姑娘，仿效西施皺眉怎麼可能與西施一樣求得别人的賞識呢？“效顰”的典故出自《莊子》天運篇：西施因心痛而皺眉，她的鄰居東施，一位醜陋的女子，看見西施皺眉的樣子很美，便回家仿效，結果反而更難看了。

評解

詩人所處的盛唐時代，在繁華的外衣下隱藏着政治危機：奸邪小人把持朝廷大權，紈絝子弟憑着裙帶關係飛黄騰達，甚至連一些鬥鷄走狗之徒也得到了君王的恩寵，身價倍增，飛揚跋扈；才俊之士却屈居下層，無人賞識。王維在其詩中，曾對此作過直截了當的披露：“朱紱誰家子？無乃金張孫。驪駒從白馬，出入銅龍門。問爾何功德？多承明主恩。”而“讀書三十年”的儒生，却“腰下無尺組”，“一生自窮苦”。

《西施詠》取材於歷史人物，借古諷今。詩人借西施“朝賤夕貴”，而浣紗同伴中僅她一人命運發生改變，悲嘆人生浮沉全憑際遇的炎凉世態，抒發懷才不遇的不平與感慨；借世人衹見顯貴時的西施之美，表達對勢利小人的嘲諷；借“朝爲越溪女”的西施“暮作吴宫妃”後的嬌縱，譏諷那些由於偶然機遇受到恩寵就趾高氣揚、不可一世的人；借效顰的東施，勸告世人不要爲了博取别人賞識而故作姿態，弄巧成拙。沈德潛在《唐詩别裁集》中評價此詩“寫盡炎凉人眼界，不爲題縛，乃臻斯詣”，所言頗是。

歷代有無數文人墨客詠嘆西施。有的認爲西施是導致吴國滅亡的“禍水”；有的爲西施鳴不平；有的着力於描叙西施之美。而王維的這首詩，並未就西施故事本身進行詠嘆，而是借題發揮，比興寄託，用“古事”抒“己意”，實際是一首詠懷詩。

歸嵩山作

清川帶長薄，車馬去閑閑。
流水如有意，暮禽相與還。
荒城臨古渡，落日滿秋山。
迢遞嵩高下，歸來且閉關。

題解

嵩山，五嶽之一的“中嶽”，在今河南登封縣北。開元九年（721），二十一歲的王維進士及第，步入仕途。同年即受人牽連，被貶濟州。五年後辭官離開濟州，後回長安閑居。此詩作於開元二十二年（734），當時王維已閑居長安五年。這年秋，他先赴洛陽，獻詩中書令張九齡，希求汲引，隨即歸隱嵩山。一邊干謁進取，一邊歸隱，這也是當時的常例。

歸嵩山作 詩意圖　苗重安 繪

【句解】

清川帶長薄，車馬去閑閑

“帶”，圍繞。“薄”，草木叢生之地。首句化自陸機《君子有所思行》：“曲池何湛湛，清川帶華薄。”清澈的河川圍繞着一片草木叢生的長長的沼澤地，歸去的車馬就從這裏緩緩前行了。

詩人寫歸山，却是從川寫起。車馬“閑閑”，顯出詩人從容的心情，似乎這次的歸隱，是他生活中再平常不過的景象。詩人並不是被逼出走，落荒而逃，也不是憤然離去。正是這種從容的心境，纔使詩人在出發時第一眼看到的就是河水長流、草木繁生的平和清静之景。

流水如有意，暮禽相與還

流水好像懂得“我”的心意，緩緩地流淌着，陪“我”前行；黄昏中烏兒飛回草木茂盛的沼澤，伴“我”一道回家栖息。“流水”“暮禽”都被擬人化了，彷彿它們也有人的感情：怕詩人路上孤單，與詩人結伴同歸。

有流水和烏兒的陪伴，詩人悠然自得。但歸途漫漫，仍不免孤單。漸漸地，他的心緒開始低沉，這時的他看到：

荒城臨古渡，落日滿秋山

荒凉的城池臨靠着古老的渡口，落日的餘暉灑滿了秋天的山林。詩人緩緩而行，沿着清川，經過荒城、古渡，在夕陽西下時來到了秋意濃濃的嵩山。歸途中會遇到很多東西，詩人獨獨選擇了荒城、古渡、落日、秋山這些充滿凄凉色彩的景物。一切景語皆情語，當歸隱之地嵩山漸漸就在眼前，詩人心中開始生出一股抑制不住的悲凉。

雖然決意歸隱，但終究是失望而歸，失落而歸。回顧王維前三十多年的經歷，並不得意。雖少年得志，却屢經曲折；人近中年，却青春賦閑。曾經的豪情壯志，如今的黯然收場，怎麼不叫人心生悲凉？王維之前也曾在詩裏勸慰友人孟浩然歸居田園：“以此爲長策，勸君歸舊廬。醉歌田舍酒，笑讀古人書。好是一生事，無勞獻子虛。”（《送孟六歸襄陽》）但對於王維這樣一個想象着“濟人然後拂衣去，肯作徒爾一男兒”（《不遇詠》）的人而言，再怎麼平抑心情，也無法全然超脱地面對這次的歸隱。

然而，詩人已經到了嵩山，心情不再平静的他到底該如何是好？

迢遞嵩高下，歸來且閉關

“迢遞”，形容山高遠的樣子。“閉關”，閉門。隱居的家在高高的嵩山下，如今回來了，就關上門吧。閉門既是謝客，更是要讓自己静心獨處，不問世事。詩人的情緒在這時又趨嚮平和，他説服自己，相信着嵩山將能還給他一片寧静的内心。

事實上，王維隱居嵩山的時間並不長。次年，他即在張九齡的薦舉下出任右拾遺，結束了這次短暫的隱居生活。

評解

這首詩寫得很有層次。隨着詩人的描述，既可以領略到歸途中的景色變幻，也能隱約感覺到詩人感情的變化：由安詳從容，到悠然自得，到孤單悲凉，到平静淡泊。這説明詩人的此番歸隱，既有心嚮往之，閑適怡然的一面，又有鬱鬱不平，無可奈何的一面。

《唐詩品彙》將王維的五律列爲正宗，並在收録此詩時引述了元人方回的評語：“閑適之趣，淡薄之味，不求工而自工者，此也。”全詩質樸清新，自然天成。尤其是中間兩聯，三四句移情於物，意象疏朗，五六句寄情於景，感情濃郁。詩人隨意寫來，不見斧鑿之迹，却得精巧藴藉之妙。

使至塞上

單車欲問邊，屬國過居延。

征蓬出漢塞，歸雁入胡天。

大漠孤烟直，長河落日圓。

蕭關逢候騎，都護在燕然。

題解

開元二十五年（737），王維被任命以監察御史身份出使河西邊塞查訪軍情。而在此前，有賢相之稱的張九齡已被貶爲荆州長史。王維係張九齡任用的官員，在這次權利鬥争中他雖然幸運地保住了性命，却被排擠出了長安朝廷。這首詩即作於赴河西邊塞途中。

使至塞上 詩意圖 紀清遠 繪

【句 解】

單車欲問邊，屬國過居延

“單車”，一説爲使者的代詞，語出漢代李陵《答蘇武書》“以單車之使，適萬乘之虜”，這裏指代詩人自己；一説指出使的車仗簡單，隨從不多，輕車簡從之義。“問”，慰問。“屬國”，一説爲附屬之國，“屬國過居延”即“過居延屬國”的倒裝，是爲了和音律而調整了詞序；一説爲漢代官名“典屬國”的簡稱，其職事是掌管歸附的少數民族，這裏同樣代指詩人自己。“過”，一説爲經過，一説爲探訪、探望。“居延”，古地名，東漢時爲張掖屬國都尉治所，故城在今内蒙古額濟納旗東南。

儘管存在多種不同的解釋，但很明顯，詩歌的前兩句是直接點題，交代了此行的目的。

征蓬出漢塞，歸雁入胡天

“蓬”，即蓬草，其株凋後頗脆，遇風飛散，飄轉無定。“胡天”，古代中原人泛稱北方和西方的少數民族爲“胡”。

早年的王維曾對邊疆生活充滿熱情，這從他的《燕支行》《少年行》等詩中可以看出。而此刻當他真正來到邊塞，昔日的豪情却消褪了很多。他以蓬草和大雁自比，蓬草隨風而散，是漂泊的象徵，大雁意象也總是和離别、思鄉之情聯繫在一起，這些都暗喻着他内心的孤獨、抑鬱。

從長安到邊塞，萬里行程，詩人衹用了十個字輕輕帶過。或許這是因爲他没有心情去欣賞沿途的風景。但當詩人一進入“胡天”，奇異的邊塞風光立刻深深吸引了他。

大漠孤烟直，長河落日圓

“孤烟”，一般認爲是烽烟，但也有人理解爲烟沙，即大漠上旋風捲起的塵柱，這裏取前一種解釋。“河”，一般認爲指黄河。

邊塞迥異的風景，讓初次領略它的詩人變得意興勃發。他揮筆寫下了這雄壯的景致：一望無際的大漠上，一股烽烟直衝霄漢；長長的河流静静地躺在沙漠中，河上一輪落日冉冉西下，顯得分外的圓和大。

詩人寫景，極善於抓住景物的特徵。邊疆沙漠，浩瀚無邊，所以用一“大”字。邊塞荒凉，烽火臺燃起的那一股濃烟就顯得格外醒目，因此稱爲“孤烟”。古代邊塞烽火臺常用狼糞燒烟，狼烟容易聚集，且能筆直上昇，即使風吹也不會傾斜。用一“直”字，既形象地描摹出了邊塞烽烟的特點，又爲其平添了一種勁拔、堅毅之感。沙漠上没有山巒林木，那橫貫其間的黄河，就非用一個“長”字來形容纔算準確。落日本來容易給人以感傷的印象，用一“圓”字，讓人在感覺蒼茫之外，又感受到幾分温暖。

《紅樓夢》第四十八回香菱學詩時曾説：“我看《塞上》一首，内一聯云‘大漠孤烟直，長河落日圓’，想來烟如何直？日自然是圓的。這‘直’字似無理，‘圓’字似太俗。合上書一想，倒像是見了這景似的。要説再找兩個字换這兩個，竟再找不出兩個字來……詩的好處，有口裏説不出來的意思，想去却是逼真的；又似乎無理的，想去竟是有理有情的。”曹雪芹借香菱之口，對王維的這兩句詩抒發了“一字不易”的讚嘆。

不僅這幾個字用得妙，十個字組合起來，更是一幅大成的畫卷：平躺的大漠、垂直的孤烟、長長的河水、渾圓的落日，豐富的幾何圖形構成了極具層次的畫面空間；大漠蒼黄、孤烟幽藍、長河波光粼粼、落日霞光滿天，互相輝映的顔色，使畫面絢麗多彩。這幅沙漠夕陽晚照圖，畫面開闊，意境雄渾，著名學者王國維讚之爲“千古壯觀”，一點也不爲過。

蕭關逢候騎，都護在燕然

“蕭關”，古關名，故址在今寧夏固原市東南，爲自關中通往塞北的交通要衝。“候騎”，騎馬的偵察兵。“都護”，唐代在邊疆設置都護府，都護府的長官爲都護，這裏指河西節度使。“燕然”，即杭愛山，在今蒙古人民共和國境内。

詩人進入邊塞，一路前行，却始終未見人迹。直到到了蕭關，路遇偵察兵，纔得知將領正率着士兵在更遠的燕然山作戰呢。看來詩人還得繼續前行。獨行萬里，孤獨壓抑的心情剛剛在大自然壯麗的景色中得到了一點點温暖，在之後的行程中詩人又會遇到什麼呢？全詩到此戛然而止，留給讀者的，是巨大的想象空間。

評解

這是一首邊塞詩。盛唐時期的邊塞詩大多詞采飛揚，氣勢磅礴，留下了許多膾炙人口的佳句。如“忽如一夜春風來，千樹萬樹梨花開”“黄河遠上白雲間，一片孤城萬仞山”“醉卧沙場君莫笑，古來征戰幾人回”“黄沙百戰穿金甲，不破樓蘭終不還”，等等。詩人們把盛唐的恢宏氣象融匯到邊塞詩作中，千載之下，這些作品依然有虎虎生氣，撼人心魄。

王維的這首詩雖然略帶悲涼，但“大漠孤烟直，長河落日圓”的雄奇壯闊，還是極富盛唐風采。因此，這兩句詩千古傳誦，而知道全詩的人却不多。

隴頭吟

長安少年游俠客，夜上戍樓看太白。
隴頭明月迥臨關，隴上行人夜吹笛。
關西老將不勝愁，駐馬聽之雙淚流。
身經大小百餘戰，麾下偏裨萬户侯。
蘇武纔爲典屬國，節旄落盡海西頭。

題解

“隴頭吟”，漢代樂府曲辭名。隴頭，指隴山一帶，大致在今陝西隴縣到甘肅清水縣一帶。

開元二十五年（737），河西節度使副大使崔希逸戰勝吐蕃，唐玄宗命王維以監察御史的身份到邊疆查訪軍情。長期生活在繁華都市的王維見到了奇異的邊疆風光，感受到了艱苦的軍中生活，詩情勃發，留下許多優秀的邊塞詩。本詩即是其中一首。詩題一作《邊情》。

隴頭吟 詩意圖　易洪斌 繪

【句解】

長安少年游俠客，夜上戍樓看太白

“太白”，即金星，古人認爲它主兵象，可以根據它的變化預測戰事。都城長安的游俠少年一到邊疆，便登上邊防城樓，夜觀太白星象。如此急切的心情，表現了他渴望建功立業、躍躍欲試的豪情壯志。那麼，今夜星象如何呢？詩人没有回答，筆鋒一轉，從躊躇滿志的少年轉到了月照隴山的遠景。

隴頭明月迥臨關，隴上行人夜吹笛

隴山的月亮高高地照在隴關上，明亮而又遥遠，邊防士卒們在這樣的夜裏吹着笛子。凄清的月夜，荒凉的邊塞，此情此景下的笛聲，嗚咽的是哀怨，是愁緒，是思念。十五從軍的惜别，老大難回的哀痛，更有那鐵馬裹尸的刻骨離恨，都在冷月清輝下的笛聲中一一重現。“羌笛何須怨楊柳，春風不度玉門關”，和王維同時代的王之涣的邊塞詩裏也有笛聲。笛，大概是最能寄託征人情懷之物吧。

在長安少年的幻想裏，邊疆是意氣勃發、恣意馳騁的舞臺，而現實中，戍邊戰士衹能在哀回的笛聲中默默吞咽自己的孤獨痛楚：兩者的差距何等懸殊。在這樣的對比中，主人公——久經沙場的老將軍出場了。

關西老將不勝愁，駐馬聽之雙淚流

駐守關西的老將在這樣的夜裏再也壓抑不住滿腹的憂愁，他停下馬，聽着笛聲，雙淚縱横。人們常言“男兒有淚不輕彈”，何况是英武一世的老將軍。一片笛聲爲何如此打動老將軍的心？他究竟聽到了什麽，想到了什麽？

身經大小百餘戰，麾下偏裨萬户侯

“萬户侯”，擁有一萬户屬民的諸侯，這裏泛指爵位。經歷大大小小一百多場戰鬥，立下纍纍戰功，手下的百官副將都已封侯封爵，而老將軍自己呢？他還在邊塞，在冷清的月夜裏馳馬奔嚮没有盡頭的遠方。他聞笛駐馬，淚流滿面，這當中包含了多少委屈，多少辛酸。他爲什麽會受到如此不公平的遭遇？詩人没有明言，衹引用了蘇武的典故：

蘇武纔爲典屬國，節旄落盡海西頭

蘇武（？ –前60），西漢武帝時派到匈奴的使節。他被匈奴扣押了十九年。在這十九年裏，他握着使節棒在貝加爾湖邊放羊，風餐露宿，並時常受到匈奴人的威脅，却依然對漢室忠心耿耿，最後髮鬚盡白，纔回到了漢廷。

出使匈奴的蘇武堅貞不屈，在海西頭待到使節棒上的旄毛都落光了纔回來，也祇被封了個“典屬國”這樣的小小官職。“典屬國”，漢代官名，其職事是掌管歸附的少數民族。

詩人提起蘇武，似乎是在安慰關西老將，歷經苦難的蘇武尚且如此，你又何必過於悲傷呢？實際上，詩人將關西老將與蘇武類比，恰恰説明了關西老將的遭遇不是偶然的、個別的。功大賞小，功小賞大，朝廷不公，歷來如此。如此一來，深化了主題，也使詩歌有了更廣泛的社會意義。

評解

“昔聽隴頭吟，平居已流涕”，以“隴頭吟”爲題的詩歌，能讓人聽來淚流。這首詩正是如此，悲涼鬱憤，撼人心弦。

在這十句詩中，詩人把長安少年、隴上行人、關西老將三種不同類型的人物，戍樓觀星、月夜吹笛、駐馬流淚三個不同的生活場景，巧妙地集中在一起，自然而然地形成了鮮明的對照。這很容易讓讀者聯想到，今天的長安少年，怎知不是明天的隴上行人，後日的關西老將？而今日的關西老將，又怎知不是昨日的隴上行人，前日的長安少年呢？詩旨意味深長，發人深省。

王維的這首《隴頭吟》，後被南宋詩人陸游在其名篇《關山月》中有創造性地借鑒。陸詩寫了同一片關山月之下，將軍、士兵、遺民的不同境遇和心情：將軍在月下聽歌賞曲，尋歡作樂；士兵在月下吹笛泄愁，思念親人；遺民對月流淚，心繫故國。《隴頭吟》和《關山月》就如兩首遥相呼應的邊關曲，一樣的悲傷動人。

漢江臨泛

楚塞三湘接，荊門九派通。
江流天地外，山色有無中。
郡邑浮前浦，波瀾動遠空。
襄陽好風日，留醉與山翁。

題解

開元二十六年（738），王維自河西塞外返回長安。二十八年（740），昇爲殿中侍御史。當年秋冬之際，“知南選”，赴嶺南主持當地官吏選拔。他途經襄陽（今湖北襄樊），泛舟漢江，寫下了這首詩。漢江，又稱漢水，是長江最大的支流。詩題一作《漢江臨眺》。

漢江臨泛 詩意圖　胡寶利 繪

【句解】

楚塞三湘接，荆門九派通

春秋戰國時期，湖北、湖南等地都屬於楚國，而襄陽位於楚之北境，所以這裏稱“楚塞”。“三湘”，一説湘水合灕水爲灕湘，合蒸水爲蒸湘，合瀟水爲瀟湘，合稱三湘；一説爲湖南的湘潭、湘陰、湘鄉。古詩文中，三湘一般泛稱今洞庭湖南北、湘江一帶。“荆門”，山名，在今湖北宜都縣西北。“九派”，指長江的九條支流，相傳大禹治水，開鑿江流，使九派相通。

詩人泛舟江上，縱目遠望，看到漢江浩蕩，浮想翩翩，揮筆寫出漢江横亘楚塞，通三湘，穿荆門，連九派的磅礴之勢。試想，人行於江上，縱極目長望，所見終究有限。王維的高明在於，他一開始就超脱於具體的景觀之外，改從大處着筆，將相隔千里之地，納入一覽之中。起句氣勢非凡，爲全詩奠下了雄壯的基調。

詩人首先鋪展出廣闊無垠的楚地，以之爲畫幅背景，接着，他又以可望不可及的遠景構圖，將人帶入迷離恍惚的山光水色中。

江流天地外，山色有無中

漢江滔滔遠去，好像一直涌流到天地之外；兩岸重重青山，迷迷蒙蒙，時明時暗，若有若無。江流不斷，一直伸嚮遠方，船行中看見兩岸山巒，有的近而明，有的遠而暗，不斷推移變幻。我們的眼前似乎也隨之展開了一幅山水畫卷：江流浩渺，無邊無際，山色迷蒙，連綿不斷。雖祇有淡淡幾筆的勾勒、渲染，却是氣韻生動。這恰如蘇軾所評，王維詩“詩中有畫”。明王世貞也評曰：“江流天地外，山色有無中，是詩家俊語，却入畫三昧。”而“天地外”“有無中”，又爲詩歌平添了一種迷茫、玄遠、無可窮盡的意境，所謂“含不盡之意見於言外”。

這兩句詩被傳爲千古佳句，後世詩人多有仿效、借用。如唐權德輿的“山岫有無中，片帆烟水上”，宋歐陽修的“平山欄檻倚晴空，山色有無中”。

隨後，詩人將筆墨從遠景收回，轉寫眼前波瀾壯闊之景。

郡邑浮前浦，波瀾動遠空

正當詩人極目遠望，突然間風起浪涌，所乘之舟上下波動，眼前的襄陽城郭也隨着波浪在江水中浮浮沉沉。風越來越大，波濤越來越洶涌，浪拍雲天，船身顛簸，彷彿天空也爲之摇蕩起來。風浪之前，船兒是平緩地在江面行駛，城郭是静止地立於岸邊，遠空是不動地懸於天際；風浪忽至，一切都動了起來。一“浮”一“動”，兩個動詞下得極妙，使筆下之景生活起來，詩也隨之飄逸起來。自然，這一切都衹是錯覺，是由於船在波浪中上下起伏，人的視綫不停起落昇降的緣故。詩人巧妙地借用這種錯覺，進一步渲染出了漢江水勢的磅礴。

此時的詩人，或許早已進入了神與物游的境界吧。果然，他沉浸其中，樂不思歸了。

襄陽好風日，留醉與山翁

“山翁”，即晉代山簡，竹林七賢中山濤之子。據《晉書·山簡傳》，他曾任征南將軍，鎮守襄陽。當地習氏有一園林，風景很好，山簡常去那裏飲酒游樂，大醉方歸。

尾聯詩人直抒胸臆，言襄陽風光如此美好，欲留下來與山簡共謀一醉，表達了留戀山水的志趣。

評解

沈德潛《唐詩別裁集》曰：“右丞五言律有兩種，一種以清遠勝，如‘行到水窮處，坐看雲起時’是也；一種以雄渾勝，如‘天官動將星，漢地柳條青’是也。當分別觀之。”這首詩屬於後者，氣象博大，意境高曠，所表現的美是壯美。

全詩猶如一巨幅水墨山水。首聯寫衆水交流，密不間髮；頷聯開闊空白，疏可走馬；頸聯由遠而近，遠近相映，筆墨酣暢；尾聯直抒胸臆，可比作畫上題字。王維同時代的殷璠在《河嶽英靈集》中說：“維詩詞秀調雅，意新理愜，在泉爲珠，着壁成繪。”此詩很能體現這一特色。

送沈子福歸江東

楊柳渡頭行客稀，
罟師蕩槳嚮臨圻。
惟有相思似春色，
江南江北送君歸。

題解

沈子福，其人不詳。江東，長江下游以東地區。

從詩題和詩句看，這首詩似乎是詩人在長江上游送沈子福順流而下歸江東之作。故一般認爲此詩作於王維“知南選”途經長江流域時，時間約在開元二十八年（740），與《漢江臨泛》大致同時。

送沈子福歸江東 詩意圖　張純桂 繪

【句解】

楊柳渡頭行客稀，罟師蕩槳嚮臨圻

“罟師”，漁人，這裏借指船夫。“臨圻”，地名。長滿楊柳的渡頭，行人稀少，船夫划着槳嚮臨圻駛去。

詩的開篇直接入題，描寫送別情形。江邊渡頭，楊柳依依。這雖是隨手寫眼中現成之景，景中却蘊含深情：“柳”與“留”同音，古人有折柳送行的習俗，表示不忍離別，希望遠行的人留下來。但分别終究是不可避免的，此時友人乘坐的船隻已經起航。

剛才還很熱鬧的渡頭，一下變得行客稀少，冷冷清清。惟有詩人自己，仍然立在那裏，目送着友人漸漸遠去。他的腦海裏，或許在重温剛才與友人依依話别的情景，或許想起了之前和友人交往的點點滴滴。但這一切，都衹能是追憶了。眼前衹見友人所乘的船順水而下，離自己越來越遠。

李白《黄鶴樓送孟浩然之廣陵》詩中也有目送友人乘舟而去的情形：“孤帆遠影碧空盡，惟見長江天際流。”李白站在高高的黄鶴樓上，遠眺孤舟，寫的是遠景。而王維捕捉的是船夫蕩槳的細節，寫的是近景。同樣寫送行，李白之瀟灑與王維之細膩，可見一斑。

船兒漸行漸遠，友人的身影也越來越模糊。衹要再過一會兒，他們就將消失在詩人的視綫之外。而這一别，又不知何時才能重新相逢。想到這些，詩人的心中難免有些悵惘。

惟有相思似春色，江南江北送君歸

望着大江南北兩岸桃紅柳緑，芳草萋萋，春色漫漫，詩人忽發奇想：“我”心中的相思之情，也像這無處不在的春色，一直跟隨着“你”歸去。内心的無限别情，眼前的無邊春色，兩樣似乎不可能有絲毫聯繫的事物，就這樣被詩人完全交融到了一起。

這是多麽美麗的想象，多麽藴藉而深厚的感情！詩人似乎在對友人説：你在江上走，江南江北的春色包圍着你；我的牽挂、友誼也和這春色一樣，時時刻刻包圍着你，陪你一路前行。春滿江南江北，情亦滿江南江北。不必特意寫離愁别苦，别情已經充盈了滿篇。更巧的是，自然之景與深摯之情妙合無間，耐人尋味。

詩的最後兩句，歷來備受人們稱賞。五代牛希濟的詞《生查子》有這樣兩句：“記得綠羅裙，處處憐芳草。”採用的就是類似的思路和手法。詞中少婦對即將遠行的人切切叮嚀：記住我的綠羅裙吧，你無論到哪裏，那裏的芳草都呈顯着我的裙色，都凝結着我對你的相思，你要憐惜它們啊！這兩首詩相比，含蓄的表達方式一致，但感情一奔放一低徊，風格一渾成一婉約，各具魅力。

評解

這首詩將叙事、寫景、抒情融爲一體，感情真摯，語言明快，風格清麗，是王維的代表作之一。尤其最後兩句，想象奇妙，餘音裊裊。清人馬位《秋窗隨筆》評曰：“最愛王摩詰‘惟有相思似春色，江南江北送君歸’之句，一往情深。”

終南別業

中歲頗好道，晚家南山陲。
興來每獨往，勝事空自知。
行到水窮處，坐看雲起時。
偶然值林叟，談笑無還期。

題解

開元二十九年（741）初，王維完成“知南選”任務，從嶺南回長安，下半年開始在長安南郊的終南山隱居，本詩即是時所作。此前王維亦曾在淇上、嵩山等地有過歸隱生活。

終南山，在陝西西安市南，秦嶺山脈的一段，又稱“中南山”“太乙山”“南山”。唐代王室崇奉道教，而終南山與道教素有淵源，加之它距離京都不遠，往來方便，吸引了不少文人士子在此流連、隱居。他們中少有真修道養性者，大多是以退爲進，想藉此嚮朝廷表露自己，走一條“終南捷徑”。而此次王維歸隱終南，則是真正意義上的歸隱，與那些試圖走“終南捷徑”者完全不同。

終南別業 詩意圖 馬泉 繪

【句解】

中歲頗好道，晚家南山陲

“道”，佛家道理。詩人説自己中年以後即厭倦塵俗，信奉佛教。其實，王維一生事佛，衹因中年以後看透世事，這種傾嚮更爲明顯。《舊唐書・王維傳》中記載：“維弟兄俱奉佛，居常蔬食，不茹葷血，晚年長齋，不衣文彩……在京師日飯十數名僧，以玄談爲樂。齋中無所有，惟茶鐺、藥臼、經案、繩床而已。退朝之後，焚香獨坐，以禪誦爲事。”這是詩人醉心佛教的絶好註脚。

詩人此番歸隱終南山，自言“晚家南山陲”。事實上，此時的詩人剛過四十而已。雖説古人壽命不比今人，所謂人生七十古來稀，但四十也衹是不惑之年，談不上晚景。真正進入暮年的，不是詩人的身體，而是他的心境。經歷了人生的起起沉沉後，王維開始厭倦塵俗事務，而佛教的空觀，更使他看破世事，任遇隨緣，與世無争。

有着這樣心境的詩人，在終南山中如魚得水，悠然自得。

興來每獨往，勝事空自知

興致一來，就獨往山中，信步而行，山中美麗的景色衹有他一人欣賞。詩人隨興而動，隻身獨游，賞景怡情，自得其樂，隨處若有所得，不求人知，自己心會其趣而已。獨來獨往有自得之樂，但或者也還有些許的寂寞悲哀。滿山的美景，却衹有一人欣賞，連這山也難免會感到寂寞吧，更何況獨行山中的人呢。想到這裏，詩人不免心頭掠過一絲波瀾。

然而，這一切又有何妨？繼續前行，詩人很快就恢復了寧静。

行到水窮處，坐看雲起時

詩人順着水流而行，不知不覺，就到了流水盡頭，看來是無路可走了。是退身而返，還是繼續尋求新路？詩人没有猶豫，他衹是索性就地坐下，看山中白雲悠悠昇起。

宋《宣和畫譜》云：“‘行到水窮處，坐看雲起時’及‘白雲回望合，青靄入看無’之類，以其句法，皆所畫也。”其實，這兩句詩的妙處，還不在於“詩中有畫”。陶淵明詩言“雲無心以出岫”，雲給人的感覺就是無心、自在而閑散。在佛家眼裏，白雲的舒捲自如、任意飄蕩、無所阻礙，正是所謂的“不住心”“無常心”，是淡泊無機、安詳自足的象徵。行至水窮之處的詩人，並没有絲毫的悵惘，而是隨遇而安，坐下静觀雲起。面對悠悠白雲，詩人的心境也同它們一道，空無挂礙，悠閑自在地隨處飄游。這樣的境界，不正是最自然、最和諧的嗎？

不惟如此，人們還從這兩句詩中悟出了“禪”機。近人俞陛雲《詩境淺說》言：“行至水窮，若已到盡頭，而又看雲起，見妙境之無窮。可悟處世事變之無窮，求學之義理亦無窮。此二句有一片化機之妙。”還有人理解爲，水窮處意喻着人生的絶境，但既有雲，即預示着有雨，也預示着新的希望。所謂“言有盡而意無窮”，真正的好詩便是如此，提供給人的是豐富甚至無限的空間。

正當詩人神與物游，物我兩忘之時——

偶然值林叟，談笑無還期

偶然遇到了山林中的老人，便與他談笑起來，忘了歸期。這又可見詩人的隨緣自適。其實不止遇見林叟是偶然，出游本就是乘興而爲，帶有偶然性；“行到水窮處”是偶然；恰能看到“雲起時”又是偶然。正因處處偶然，所以處處都是“無心的遇合”，這更顯出詩人心中的悠閑，如行雲流水，無拘無束，無牽無挂。

評解

宋代嚴羽在其詩歌評論專集《滄浪詩話》中稱讚盛唐詩“惟在興趣，羚羊挂角，無迹可求，故其妙處，透徹玲瓏，不可湊泊，如空中之音，相中之色，水中之月，鏡中之象，言有盡而意無窮。”王維這首《終南别業》正是很好的例子。

全詩寫景、述情皆似信手拈來，毫不着力，可謂平淡、自然之至。然而這種“淡”，並非淡而無味，而是淡而濃，淡而遠。所以元人方回稱讚此詩“有一唱三嘆不可窮之妙”，清人紀昀也説：“此詩之妙，由絢爛之極歸於平淡。”

“行到水窮處，坐看雲起時”一聯歷受推崇。王維詩中多有這種充滿禪意的詩境。與後來宋詩中的哲理詩不同，王維從不直接説理，而總是讓人在不知不覺間神游其禪境，體悟其意蕴，味道淡易，却百讀不厭。

終南山

太乙近天都，連山接海隅。
白雲回望合，青靄入看無。
分野中峰變，陰晴衆壑殊。
欲投人處宿，隔水問樵夫。

題解

此詩作於開元二十九年（741）至天寶元年（742）王維隱居終南山期間。

王維對終南山並不陌生。青年時代，他曾經常前往終南山，去唐玄宗之妹玉真公主的别館做客。而此次的隱居生活，讓他對終南山又有了新的感受。

太乙近天都連山接海隅
白雲回望合青靄入看无
分野中峰變陰晴众壑殊
欲投人处宿隔水問樵夫
王維終南山詩
丁酉夏日純桂寫

終南山 詩意圖　張純桂 繪

【句解】

太乙近天都，連山接海隅

“太乙”，終南山的别稱。“天都”，一説指帝都長安，一説指傳説中天上玉帝所居住的地方。按第一種理解，詩開篇兩句言終南山靠近長安，山峰連綿不絶，一直嚮東延伸到海邊。按第二種理解，則是先極寫終南山之高，再極寫終南山之廣。

無論作上述何種解釋，可以肯定的是，詩人是先從大處着筆，勾畫出終南山的總輪廓。這個總輪廓衹能得之於遥眺，而不能得之於逼視。所以，這兩句是寫遠景，寫詩人遥望之所見。終南山西起甘肅天水，東止河南陜縣，遠遠未到海邊。説它“接海隅”，當然是藝術誇張。然而遥望終南，山勢綿延，西邊望不到頭，東邊望不到尾，人們很自然地會想象它一直鋪展到大海邊上。因而説它“接海隅”，正是以誇張寫真實。

如果將第一句理解爲寫終南山之高，那麽“近天都”也同樣是以誇張寫真實。終南雖高，去天甚遥，但從平地遥望，其頂峰高聳入雲，的確會讓人感覺與天相接。

遥望終南，氣勢恢宏；進入終南山後，又會見到怎樣的景色呢？

白雲回望合，青靄入看無

詩人由遠而近，進入終南山。此時，白雲迷漫，一切都籠罩在雲中，人也彷彿正浮游於白雲之中。一路行去，白雲分嚮兩邊，似乎自動地要爲人讓出眼前的山路；駐足回首，分嚮兩邊的白雲又合攏來，匯成茫茫雲海，將身後的路封住。這種奇妙的境界，有游山經驗的人都不陌生，而除了王維，又有誰能够衹用五個字就將其表現得如此真切？

山中雲霧迷漫，詩人走出茫茫雲海，前面又是蒙蒙青靄。青靄是藍色的烟霧。朦朧的輕烟在詩人的面前若隱若現，誘惑着詩人的眼，彷彿衹要再嚮前一步，就可以摸着那青靄了。然而走了進去，却摸不着，看不見，無影無踪。

山無雲烟，如春無花草。詩人獨具匠心，把終南山的美景都藏在雲烟之中，給人留下了無比廣闊的想象空間。山高始有雲，林深方有烟。白雲、青靄告訴人們，終南山何其高峻，山中林木何其鬱鬱蒼蒼。而千巖萬壑、蒼松古柏、怪石清泉、奇花異草，終南山的一切都籠罩在茫茫白雲、蒙蒙青靄之中，更令人心馳神往，更急於進一步“入看”。緩緩而上，且行且止，因爲仍然留戀着已經看過的美景，所以不能不“回望”。可在白雲、青靄之下，剛纔呈現於眉睫之前的景物或籠以青紗，或裹以冰綃，由清晰而朦朧，由朦朧而隱没，却更令人回味無窮。這一切，詩人没有明説，而是用簡單的十個字“畫”了出來。

穿過雲海，走過青靄，詩人終於登上了終南山主峰峰頂。

分野中峰變，陰晴衆壑殊

“分野”，古人以天上的二十八星宿對應地上的州國區域，稱爲分野。“中峰”，指終南山主峰太乙峰。終南山從北到南十分廣闊，中峰兩側雖衹有一峰之隔，却屬於不同的州域。

詩人立於中峰山頂，縱目四望。四週群峰羅列，陽光透過雲靄照射下來，由於衆峰高低、方位不同，顯得或明或暗，或濃或淡，或有或無，千形萬態。隨着陽光照射角度的不斷變化，更是明暗顯晦，瞬息變幻，氣象萬千。

詩人盡情欣賞着終南山的風光，不覺間已到黄昏。

欲投人處宿，隔水問樵夫

也許是詩人流連於山中美景，誤了下山，不得不留宿山中；也許是詩人興致未盡，欲留宿山中，明日再游。但山高林深，人迹罕至，詩人四處尋找，終於，聽到了樵夫砍柴的聲音。詩人尋聲辨嚮，發現了山澗那邊的樵夫。於是，隔着山澗，詩人大聲詢問，樵夫口答手指。在詩的最後，詩人爲無聲的畫面增添了樵夫砍柴的丁丁聲、山澗流水的潺潺聲，還有一問一答的唱和聲，可謂畫龍點睛之筆。

評解

在這首詩中，王維就像一位優秀的導演，製作出了最美麗的終南山風景片。片中有遠景，有近景；有全景，有特寫；有畫面，有音樂。然而他衹用了四十個字。“以少總多”“意餘於象”，或可概括此詩的特點。

送元二使安西

渭城朝雨浥輕塵，
客舍青青柳色新。
勸君更盡一杯酒，
西出陽關無故人。

題解

這是一首送朋友去西北邊疆的別詩。創作年代不詳，但應在公元755年安史之亂前。

在古代，交通、通訊不便，人們一旦分離，就很不容易相見。如果路途遙遠，一次分離，可能就是永別了。所以古人非常重視送別。

安西，唐中央政府爲統轄西域地區而設的安西都護府的簡稱，治所在龜兹城（今新疆庫車）。詩人所送的這位姓元的友人，排行第二，故稱“元二”，是奉朝廷的使命前往安西的。

送元二使安西 詩意圖　戴敦邦 繪

【句解】

渭城朝雨浥輕塵，客舍青青柳色新

“渭城”，即秦都咸陽故城，在長安西北，渭水北岸。唐代從長安往西去的，多在渭城送別。“浥”，濕潤。

善畫風景的王維，在詩的一開篇，就描畫出一幅清新明朗的圖畫——

早晨的一場細雨，剛剛潤濕塵土就停了。天氣清朗，從長安西去的大道顯得潔淨清爽。“浥”字用得很有分寸，顯出這雨洗塵而不濕路，彷彿天從人願，特意爲遠行的人安排的。

客舍，總是與羈旅相伴；柳，更是離別的象徵（“柳”和“留”諧音，所以古人在離別時常常折柳相送，表示希望遠行的人留下來）。“黯然消魂者，惟別而已”。但在王維的筆下，客舍和楊柳並未令人黯然消魂，反而因一場朝雨的洗滌顯得明朗清新。平日裏，塵土飛揚，路旁楊柳不免籠罩上灰蒙蒙的塵霧；一場朝雨，重新洗出了它那青翠的本色，讓人感覺它變“新”了。又因柳色之“新”，更映照出“客舍青青”來。

朝雨過後，清新的空氣、潔淨的道路、青青的客舍、翠綠的楊柳，這一切，讀來衹覺風光如畫。這樣的環境讓人留戀，然而，却要離別。在這樣的環境下離別，人們該是一種怎樣的心情呢?

這是一首七言絕句。絕句衹有四句，詩人沒有多餘的篇幅去敷衍、渲染送行的場面。他衹剪取了餞行酒宴即將結束時的一個場景：

勸君更盡一杯酒，西出陽關無故人

宴席已經進行了很長一段時間，滿含別情的酒已經喝過多巡，殷勤告別的話已經重複過多次，朋友上路的時刻終於到了。主客雙方的惜別之情在這一瞬間都到達了頂點。再乾了這一杯吧，出了陽關，可就再也見不到老朋友了。詩人這句似乎脱口而出的勸酒辭，却濃縮着最强烈、最深摯的惜別之情。

陽關，在河西走廊最西頭，從漢代以來一直是內地進入西域的通道。唐代國勢强盛，內地與西域往來頻繁。從軍或出使陽關之外，在盛唐人心目中是令人嚮往的壯舉。但當時陽關以西還是窮荒之地，王維就曾在另一首送別詩中寫過“絶域陽關道，胡沙與塞塵。三春時有雁，萬里少行人”。朋友“西出陽關”，雖是壯舉，却又不免經歷萬里長途的跋涉，備嘗獨行窮荒的艱辛、寂寞。因此，這臨行之際“勸君更盡一杯”的酒，是一杯浸透了詩人全部深摯情誼的瓊漿。這裏面，不僅有依依惜别的情誼，也包含着對朋友的擔憂、關切，包含着前路珍重的殷勤祝願。

臨别依依，要説的話很多，但千言萬語，一時竟不知從何説起。“勸君更盡一杯酒”，或許便是表達此刻千愁萬緒的最好方式。不需要多説什麽，詩人没有説出的，要比已經説出的豐富得多。和“每逢佳節倍思親”一樣，臨别殷勤勸酒，是生活中常見之事，人們都非常熟悉，在王維之前却從没有人用詩句表達過。一經詩人説出，便使人們感到道出了自己想要説而未能説的肺腑之言，遂傳爲千古絶唱。明人李東陽説：“王摩詰‘陽關無故人’之句，盛唐以前所未道。此辭一出，一時傳誦不足，至爲三叠歌之。後之詠别者，千言萬語，殆不能出其意之外。”清人趙翼評這兩句“至今膾炙人口，皆是先得人心之所同然也”。

評解

歷代留下的贈别送行詩歌不可勝計。這首詩描寫的是一次最普通的離别，却成爲了離别詩中最優秀的篇什。它没有特殊的背景，而自有深摯的情誼，寫的是“人人眼中所見，人人心底所感，人人筆下所無”。

唐時此詩即被譜曲。因人們歌唱時，連續反復唱“西出陽關無故人”一句，所以被稱爲《陽關三叠》；因詩句以“渭城”開頭，又稱《渭城曲》。唐代很多詩人都曾在詩文中提及它，如劉禹錫“舊人惟有何戡在，更與殷勤唱渭城”，白居易“最憶陽關唱，珍珠一串歌”“相逢且莫推辭醉，聽唱陽關第四聲”，李商隱“斷腸聲裏聽陽關”等等，足可見其傳唱之久遠，影響之廣泛。

清人王士禛在其《唐人萬首絶句選》中，將此詩奉爲唐人七絶的壓卷之作。

相思

紅豆生南國，
春來發幾枝？
勸君多採擷，
此物最相思。

題解

此詩創作年代不詳，但可以肯定作於公元755年安史之亂前。

題曰“相思”，在古代，相思並不限於男女情愛的範疇，朋友之間也有“相思”之情，如相傳爲漢代李陵贈蘇武的詩“行人難久留，各言長相思”。這首詩的另一個標題爲《江上贈李龜年》，李龜年是唐代著名的宮廷樂師，也是詩人的多年好友。所以本詩所抒寫的是朋友間的深切思念之情。

相思 詩意圖　吕士榮 繪

【句解】

紅豆生南國

“紅豆”，顧名思義，它的果實鮮紅渾圓，而且晶瑩剔透，人們常常用它作裝飾物。傳説古代有一位女子，丈夫死在邊疆，她知道消息後，在家鄉他們分手的樹下日日哭泣，淚盡而亡，化爲紅豆，於是人們又把紅豆稱作“相思子”。在古代詩歌中，詩人們常常用紅豆寄託相思之意。

“南國”是紅豆的生長地，也是朋友所在之地。簡單平實的第一句，暗含着深意。接下來，便是詩人親切的問語：

春來發幾枝

詩人記挂着，春天到了，南國的紅豆又新發了多少？詩人爲何如此關心紅豆？紅豆不是無情物。借景抒情，寄情於物，是詩人們常用的手法。“君自故鄉來，應知故鄉事。來日綺窗前，寒梅著花未？”這是王維的另一首思鄉之詩。詩人面對從家鄉來的人，最急切想知道的是窗前寒梅開花了没有。這株寒梅已非自然之物，在詩人情思中，它已被提煉成故鄉的象徵，它代表着家鄉美好的一切。同樣，在這首詩中，紅豆是赤誠友愛的象徵。

勸君多採擷

詩人叮嚀遠在南國的友人，要多多地採摘些紅豆。古代詩歌中常有採摘植物的描寫。漢代有詩：“涉江採芙蓉，蘭澤多芳草，採之欲遺誰？所思在遠道。”這位詩人無盡悵然：我趟過江水去採摘芙蓉，却不知道該送給誰，因爲我思念的人兒在遠方。詩人在採摘植物，也在宣泄着自己的思念之情。而王維却緣何要友人多多採擷紅豆呢？

此物最相思

衹因紅豆是最能表達相思之物。中國人常説，睹物思人。這“物”可能是他吃過的、穿過的，也可能是他看過的、聽過的；可能是他喜歡的，也可能是他厭惡的。衹要是與他有關係的，哪怕衹有一絲關聯，都能激起思念者敏感的神經。詩人所希望的，是友人每每看見這最能代表相思之意的紅豆，就能想起正在相思的“我”、正在思念“你”的“我”。從詩人對朋友的深切叮嚀中，我們看到了詩人自己深重的相思之意。正是詩人對朋友的滿心思念，纔使他希望朋友亦如此。用這種方式表露情懷，語意高妙，深摯動人。

宋人編的《萬首唐人絶句》中，“勸君多採擷”的“多”字寫作“休”

字。“休”是“不要”的意思，“不要”是因爲“不願”“不敢”“不忍”。因爲相思，反怕相思，用“休”字説的是相思苦，哀婉低沉。而“多”字體現出的是執著、熱烈與飽滿，熱情高昂。兩個字，兩種情愫，兩種境界。唐人豪放，宋人巧思，這可能與時代風氣有關。

評解

王維善於從生活中拾取看似平常的素材，提煉樸素自然而典型的語言，來表達深厚、真摯的感情，往往意外有意，神韻悠長。這首《相思》就是如此。題爲相思，句句不離紅豆，滿腹情思不曾直露，思念之情却充盈全詩。語言自然明快，却又委婉含蓄。

唐代絶句名篇經樂工譜曲而廣爲流傳者爲數甚多，王維的這首《相思》也是當時最受歡迎的歌詞之一。相傳安史之亂後，李龜年流落民間，在一次筵席上再度唱起了這首《相思》，還有王維的另一首《伊川歌》：“清風明月苦相思，蕩子從戎十載餘。征人去日殷勤囑，歸燕來時數附書。”唱罷，遂昏倒在地，四天後方蘇醒過來。一番人事全非後，李龜年重新吟唱友人的詩作，自然難免對王維的一份相思之意，更多的，還是對他們共同經歷過的開元、天寶盛世的無窮追憶與眷念。

輞川閑居贈裴秀才迪

寒山轉蒼翠，秋水日潺湲。
倚杖柴門外，臨風聽暮蟬。
渡頭餘落日，墟里上孤烟。
復值接輿醉，狂歌五柳前。

題解

天寶元年（742），王維離開終南山，出爲左補闕。由此年至天寶十四年（755）安史之亂爆發，除一度丁母憂離職外，一直在長安爲官，職位也從七品上的左補闕昇遷到正五品上的給事中。然而，天寶時代，李林甫、楊國忠相繼專權，朝政日趨腐敗，詩人的進取之心和用世之志逐漸消減殆盡。

約在天寶三年（744），王維在陝西藍田輞川購得原屬初唐詩人宋之問的別墅，從此經常在公餘游息其中，過着亦官亦隱的生活。他寫的與輞川有關的詩歌皆作於此期間。

輞川閑居贈裴秀才迪 詩意圖　張純桂 繪

裴迪，唐代詩人。《舊唐書・王維傳》記載，維常常“與道友裴迪浮舟往來，彈琴賦詩，嘯詠終日。”《新唐書・王維傳》中也說：“別墅在輞川，地奇勝……與裴迪游其中，賦詩相酬爲樂。”

【句解】

寒山轉蒼翠，秋水日潺湲

寒秋時節，山色變得越來越蒼翠、暗緑；山間溪水却日復一日地潺潺作響。

開篇以“寒山”“秋水”點明時令，寥寥十字，便勾勒出一幅有色彩、有聲響、動静結合的畫面。“轉蒼翠”，表示山色愈來愈深，愈來愈濃。山是静止的，用一“轉”字，寫出了色彩的流動，山活了起來。“日潺湲”，時時刻刻都在叮咚作響。水是流動的，用一“日”字，令人感覺出一種始終如一的守恒。

秋日的山景本是有些蕭瑟的，但在詩人眼中，却孕育着慣常守一的生機。閑居輞川的詩人，悠然自得，内心一片平静，已不再有平常人傷春悲秋的情懷。

倚杖柴門外，臨風聽暮蟬

日近黄昏，閑居的詩人不禁要出來走走。此時的他，人入暮年，拄杖立於柴門之外，側耳聆聽着暮蟬鳴叫，任由晚風習習吹過，意態是如此安詳。在常人聽來，蟬聲不免單調而聒噪，可詩人却聽得饒有興致。所謂閑適，不正是如此嗎？

渡頭餘落日，墟里上孤烟

黄昏中，詩人享受着大自然給予他的平静和安逸，將目光投嚮遠處。祇見渡頭上，夕陽正要落入水中；村莊裏，一股炊烟徐徐昇起。

夕陽欲落，炊烟初昇，這是田野黄昏的典型景象。玫瑰色的夕陽即將與清緑的水面相切，如絲的灰白色炊烟昇入青色的天空——詩人“抓拍”的這兩個鏡頭，將短暫的一瞬化作了永恒。

“墟里上孤烟”，係從陶淵明《歸園田居》中“暖暖遠人村，依依墟里烟”點化而來。陶句中的炊烟，縈繞在村落上方，似乎依依不捨，不忍離去。王維筆下的“孤烟”，是黄昏中昇起的第一縷炊烟，悠然直上，顯得輕鬆、灑脱。兩詩讀來，各有妙處。

寒山、秋水、落日、孤烟，加上臨風聽蟬的倚杖老人，構成了一幅和諧静謐的山水田園圖。畫在人眼中，人在畫圖中。一景一物，都經過了詩人主觀的過濾，透出寧静、安逸、閑適的氣息。

復值接輿醉，狂歌五柳前

“接輿”，春秋時代楚國狂士，《論語》中説他曾當面作歌嘲笑孔子，並拒絶與孔子交談。“五柳”，陶淵明《五柳先生傳》的主人公，“宅邊有五柳，因以爲號焉”，是一位忘懷得失，以詩酒自娱的隱士。詩人正欣賞着田園風光，醉酒的友人裴迪像接輿那樣，狂歌着來到他面前。

詩人把醉酒狂歌的裴迪與接輿相比，是對這位年輕朋友的讚許。而五柳先生實則是陶淵明的自我寫照，王維自比五柳，即是以陶淵明自況。王維一嚮仰慕被稱爲“古今隱逸詩人之宗”的陶淵明，他自己也確實像五柳先生那樣，在輞川别墅週圍種滿了柳樹。陶淵明和接輿——王維和裴迪，個性雖不盡相同，超然世外、淡泊寧静的心迹却是相近相親的。

“復值接輿醉”的“復”字，不僅表示又一次見到裴迪，而且表示詩人欣喜的感情又加深了。秋日黄昏中，不但能欣賞到美景，更能遇到良朋，輞川閑居的樂趣就在於此。

評解

王維是詩人、畫家，也是位音樂家。他曾被授予“太樂丞”之職，主管國家的音樂事宜。他將音樂的元素引入詩歌創作中，使他的許多作品成爲了詩、畫、樂的完美結合。這首詩便是如此。寒山、秋水，一動一静；落日、孤烟，一下一上；倚杖聽蟬的老人、醉酒狂歌的朋友，一個悠閑，一個不羈；再配上山澗溪流的潺湲聲，暮蟬的鳴叫聲，醉酒人的狂歌聲……這不僅是一幅令人神往的圖畫，更是一部有聲有色的電影。

從格律上看，律詩的首聯不要求對仗，這首詩的一二句却對仗工整；頷聯要求對仗，這首詩三四句中的“柴門外”和“聽暮蟬”却不成對。這是詩人爲了表情達意的需要，改變形式，突破了格律的束縛。這種對仗法，古人稱之爲“偷春格”，意思是像梅花那樣偷了春色，開在百花之先。李白的《送友人》、常建的《題破山寺後禪院》，也都是首聯對仗、頷聯不對仗的五言律詩名篇。

積雨輞川莊作

積雨空林烟火遲，蒸藜炊黍餉東菑。
漠漠水田飛白鷺，陰陰夏木囀黃鸝。
山中習静觀朝槿，松下清齋折露葵。
野老與人争席罷，海鷗何事更相疑？

題解

積雨，久雨。輞川莊，即王維在輞川的宅第。

在這首七律中，詩人把自己幽雅清淡的隱居生活與輞川恬静優美的田園風光結合起來，創造了一種情景交融、物我相愜的境界。

積雨輞川莊作 詩意圖　孫文鐸 繪

【句解】

積雨空林烟火遲，蒸藜炊黍餉東菑

“烟火”，炊烟。“遲”，表現炊烟在陰雨天不能直上天空，衹能迂回飄移的形態。“藜”，一種植物，嫩葉可食。“黍”，黃米，是古代北方的主要糧食之一。“餉”，饋送。“菑”，本意爲初耕的田地，這裏泛指農田。

連日陰雨，山林空蒙静謐，炊烟從叢林上空緩緩昇起，山中農家蒸好了藜菜、煮好了黍米，送到東面田頭給勞作的家人。

一二句寫田家生活。王維不僅是一位畫家，更稱得上一位靈活運用鏡頭的攝影家。他首先拍雨景，這是一個全景展現。再將鏡頭慢慢拉近，一個特寫：炊烟徐徐飄昇。然後，又將鏡頭拉遠：山林中，有人在農家小屋裏忙着燒火做飯；有人正走在山路上前去送飯；田地裏，吃飯的農夫三三兩兩聚在一起；也有人還在田頭繼續勞作，等待送飯的家人……一切都顯得那麼自然，不緊不慢，井然有序。境由心生，這些都是心静的詩人静觀所得。如果詩人不是懷着悠然的心境，看到的恐怕將是農夫們疲於奔忙的另一番景象吧。

漠漠水田飛白鷺，陰陰夏木囀黃鸝

“漠漠”，形容廣漠無際。“陰陰”，幽暗貌。

廣漠的水田上，白鷺翩翩起飛；夏日裏濃蔭密佈的叢林中，黃鸝婉轉地唱着歌。

三四句寫自然景致。夏日雨中，水田裏稻子生機勃勃，緑意盎然；山中林木在烟雨中蒼翠欲滴；雪白的白鷺在稻田裏飛起飛落，意態悠閑；金黃的黃鸝在樹林中呼朋引伴，互相唱和。碧緑、雪白、濃翠、金黃，如此美的色彩搭配衹能出自既是詩人又爲畫家的王維筆下。不僅如此，王維還爲這美麗的畫面配上了黃鸝動聽的歌聲，將雨中的輞川點染得更加生機盎然。這兩句詩色彩明麗，畫意濃郁，後世有人將之與杜甫的“兩個黃鸝鳴翠柳，一行白鷺上青天”一道評爲“極盡寫物之工”。

農家生活無憂無慮，黃鸝、白鷺自由自在——詩人所描寫的人物活動也好，自然景色也好，都不是對客觀事物的簡單摹擬，而是經過了詩人心靈的感應和過濾。這些在詩人欣賞的目光中欣然呈現的景致，與詩人悠閑自適的人生追求和審美情趣發生了强烈的共鳴，它們既是詩人置身其中的現實環境，更是詩人閑静淡泊的内心世界的外在表現。

對於“晚年惟好静，萬事不關心”的詩人來説，身處於這世外桃源般的輞川山莊，真可謂得其所願了。在這裏，遠離了塵世的煩擾，他可以悠然地欣賞雨後的山林，可以逍遥地做自己願意做的一切事。

山中習静觀朝槿，松下清齋折露葵

“朝槿”，即木槿，因其花朝開暮落，故稱朝槿，古人常以它象徵人生無常。“清齋”，吃素。“露葵”，一種野菜，霜露時最鮮美，故稱露葵。

在幽静的山水之中，詩人静觀木槿花自開自落，體悟人生之道，習養心性，在松樹下採摘帶露的緑葵，素食清齋，保持身心之淨。在一般人看來，這樣的生活未免太孤寂寡淡了。然而經歷了人生風雨，早已厭倦塵世喧囂的詩人，却從中領略到極大的興味。比起那紛紛擾擾、爾虞我詐的名利場，這裏怎一個“静”字了得！

野老與人争席罷，海鷗何事更相疑

“野老”，詩人自謂。“争席”，争奪座位。《莊子・雜篇・寓言》載，楊朱見老子，老子説他爲人驕矜，没人能與他相處。楊朱很受啓發，一改常態，變得十分平易近人。這之前，人們都主動給他讓座，但這之後，人們不再對他敬而遠之，而是不拘禮節地與他“争席”。“海鷗”，《列子・黄帝篇》載，海上有人與海鷗相親近，互不猜疑。一天，父親要他把海鷗捉回家來。他再到海濱時，海鷗便飛得遠遠的，不再靠近他。

詩的結尾連用兩個典故，一爲正用，一爲反用，兩相結合，抒寫了詩人澹泊自然的心境：“我”早已去除機心俗念，悠悠然耽於山林之樂，與世無争，於人無礙，旁人也不必再猜忌“我”了。此刻的詩人，過着半官半隱的生活，雖並未徹底擺脱官場，但早没有了半點争名逐禄之心，所喜的，衹是與山林、自然相親，悠悠閑閑，無欲無求。大概當時還有人懷疑詩人機心未去，所以他纔寫下“海鷗何事更相疑”來表白自己的心迹吧。

評解

這首七律寫山莊雨景和隱居情趣，形象鮮明，興味深遠，是王維田園山水詩的代表作之一。後世有人稱“淡雅幽寂，莫過右丞《積雨》”，還有人將之推爲唐詩七律的壓卷之作。這樣的評價不一定完全恰當，但也足見此詩清遠、淡穆之風所産生的巨大影響。

全詩最爲人推崇的是“漠漠水田飛白鷺，陰陰夏木囀黃鸝”兩句。關於這兩句，還有一段公案。唐人李肇因見李嘉祐集中有“水田飛白鷺，夏木囀黃鸝”的詩句，便譏笑王維“好取人文章嘉句”。明人胡應麟力闢其說：“摩詰盛唐，嘉祐中唐，安得前人預偷來者？此正嘉祐用摩詰詩。”根據史書記載，李嘉祐與王維同時而稍晚，誰襲用誰的詩句，很難判定。然而，從藝術上看，兩人的詩句還是有高下的。宋人葉夢得說：“此兩句好處，正在添‘漠漠’、‘陰陰’四字，此乃摩詰爲嘉祐點化，以自見其妙。”清人沈德潛亦說：“本句之妙，全在‘漠漠’、‘陰陰’，去上二字，乃死句也。”細細讀來，“漠漠”形容水田上水氣迷濛無際，給人以渾茫曠遠之感；“陰陰”形容林木經雨水滋潤，更森密濃茂，給人以蒼鬱幽深之感。如此一來，畫面更顯開闊、深邃，渲染出了積雨天氣空濛迷茫的色調和氣氛。而且雙字疊用，語調悠長，更添一種深遠之意。難怪葉夢得要爲此感慨：“詩下雙字極難，須使七言五言之間，除去五字三字外，精神興致，全見於兩言，方爲工妙。”

鹿柴

空山不見人，
但聞人語響。
返景入深林，
復照青苔上。

題解

鹿柴，王維輞川別業的勝景之一。輞川有勝景二十處，王維和他的好友裴迪逐處作詩歌詠，共得四十篇，編爲《輞川集》。這首詩是王維二十首詩中的第五首。詩裏描繪了鹿柴日落之時的景色。

鹿柴　詩意圖　劉汝陽 繪

【句解】

空山不見人，但聞人語響

我們走進深山密林都有這樣的經驗：山中分明杳無人迹，却突然聽到有人説話的聲音，前後左右環視尋覓，又見不到一絲人影。詩的前兩句，寫的就是這種情境。能聽到話語，人應在不遠之處，然而竟不得見，可見山林之茂密幽深。

山越深，林越密，就越寂静。按常理，寂静的空山儘管“不見人”，却非一片死寂。瑟瑟風聲，潺潺水響，啾啾鳥語，唧唧蟲鳴，大自然的聲音其實是非常豐富多彩的。然而，詩人讓這些聲音都消隱了，衹是緊緊抓住偶爾傳來的一陣人語聲。在一切都杳無聲息之中，這突然而至的“人語響”，顯得格外清鋭，似乎一下就打破了山中的寂静。可是，正如南朝王籍的詩所描繪的，“蟬噪林愈静，鳥鳴山更幽”，空谷傳音，衹會愈見空谷之空。這短暫的“響”，反襯出的是長久乃至永恒的空和寂。待人語響過，山林復歸於静，而由於剛纔的那一陣“響”，此時的空寂便會更加觸人心目。

在如此寂静的山中，傳入詩人耳朵的，是不知從何處而來的人語；映入詩人眼簾的，又是什麽呢？

返景入深林，復照青苔上

“景”，日光，“返景”，夕陽返照的餘暉。

深林本就幽暗，林間樹下有青苔，更强調了其幽暗。夕陽斜斜地投進深林，又透過枝葉間的縫隙，照映到青苔上。初初讀來，會覺得這一抹餘暉，給幽暗的深林帶來了一綫光亮，給冷冷的青苔帶來了一絲暖意。但稍加體會就會感到，實際恰與此相反。斜暉帶來的那一小片光影，和大片的無邊的幽暗所構成的强烈對比，反而使深林的幽暗更加突出。這就譬如作畫，在大幅冷色的畫面上摻進一點暖色，在四週冷色嚴嚴的包裹下，暖色衹會顯得微弱和孤立無援，絶不會改變整幅畫的基調，而被襯托後的冷色，反而會帶給人更深刻的感受。

評解

有人將詩歌稱爲“時間的藝術”，因爲好詩總是擷取最富表現力的瞬間，通過藝術的點化，使之成爲永恒。王維的這首《鹿柴》便是如此。詩人以他特有的敏感，把握住了“空山人語響”和“返景入深林”的一刹那間，營造出一種永恒的幽静空寂的意境。明李東陽《懷麓堂詩話》評曰：“淡而愈濃，近而愈遠，可與知者道，難與俗人言。”

明人胡應麟和清人王士禛都曾説，王維《輞川集》諸詩“字字入禪”。此言雖或有誇張，但王維的山水詩的確常常透出一種“不著一字，盡得風流”的禪意，讀來使人“身世兩忘，萬念皆寂”。因爲王維是以一顆清淨、虚空的心去觀照自然，這使得他的這類詩中，雖然有聲有色，有響有動，却始終是以寂静爲旨歸的。這種寂然的心境，自然與王維長期受佛教尤其禪宗思想影響有關。也正因如此，後人尊王維爲“詩佛”。

對於這首詩中的“禪意”，今人李澤厚作過進一步的生發。他在評《鹿柴》和《辛夷塢》《鳥鳴澗》三首詩時説：“一切都是動的。非常平凡，非常寫實，但它所傳達出來的意味，却是永恒的静，本體的静……這便是在‘動’中得到的‘静’，在實景中得到的虚境，在紛繁現象中獲得的本體，在瞬刻的直感領域中獲得的永恒。自然是多麽美啊，它似乎與人世毫不相干，花開花落，鳥鳴春澗，然而就在這對自然的片刻感悟中，你却感到了那不朽者的存在……運動着的時空景象，都似乎衹是爲了呈現那不朽者——凝凍着的永恒。”或許，正是在詩中所描繪的那一瞬間，詩人再次頓悟到了生命的本質——那就是“永恒的静，本體的静”。

竹里館

獨坐幽篁裏，
彈琴復長嘯。
深林人不知，
明月來相照。

題解

這首詩是《輞川集》王維二十首詩中第十七首。竹里館，輞川別墅的勝景之一，房屋週圍有竹林，故名。

竹裏館 詩意圖 華三川 繪

【句解】

獨坐幽篁裏，彈琴復長嘯

“篁”，竹林。“幽篁”，出自屈原《山鬼》：“余處幽篁兮，終不見天。”

竹乃是品性高雅的象徵。蘇東坡就曾說：“寧可食無肉，不可居無竹。無肉使人瘦，無竹使人俗。”詩人獨坐於其間的竹林，既非庾信《小園賦》所說的“三竿兩竿之竹”，也非柳宗元《青水驛叢竹》詩所說的“檐下疏篁十二莖”，而是一片幽深、茂密的竹的世界。

詩人獨坐幽篁，撫弄琴弦，一曲終了，情有不足，不禁擲琴而長嘯。這樣的情致，頗有些魏晉名士的味道。魏晉時，當世的七大名士嵇康、阮籍、山濤等人常常在竹林中喝酒、縱歌，史稱“竹林七賢”。又據《晉書·阮籍傳》記載，阮籍“嗜酒能嘯，善彈琴”。正巧阮籍也有一首關於彈琴的詩：“夜中不能寐，起坐彈鳴琴。薄帷鑒明月，清風吹我襟。”

從詩中我們知道，阮籍的琴聲，是因爲夜不能寐，要借之來平息內心的煩躁、矛盾。他的嘯聲，也同樣是爲了要發泄心中抑鬱之氣。而王維的“彈琴復長嘯”又是爲何呢？詩人並不言及，衹是繼續寫他在竹林中彈琴、長嘯的情景。

深林人不知，明月來相照

幽深的竹林裏，没有人知道詩人在幹什麽，衹有一片明月，照映到他的身上。

彈琴也好，長嘯也好，都是詩人獨自所爲，在這深山茂林之間，連聲響也難以傳出，自然不會有外人知曉。然而，隨着時間不知不覺地推移，明月突然躍出，照亮了詩人獨坐的叢篁，就彷彿一位知音，傾聽着詩人的心曲。

夜中彈琴的阮籍，感受到清風爲他吹解胸懷；獨坐幽篁的王維，也同樣感受到了大自然對他的深情慰藉。衹不過此時的王維隱居山林，不問世俗，心境平和，比起阮詩的意境，這首《竹里館》要静謐、悠然得多。

人不知而有日月知，此刻的詩人，脱略了俗世，却融入了自然，進入一種與自然同體、與大化同在的境界。

讀罷全詩，一幅圖畫已赫然眼前：幽幽的竹林中，詩人獨坐其間，遠離塵世嘈雜，既賞幽篁美景，復得琴嘯之樂，再有明月相伴，物我一體，渾如天籟。試問，若非心靈澂淨之人，如何寫得出這清幽澂静之景？若無恬淡脱俗之心，又何來這忘情絶俗之音？

評解

全詩總共四句，表面看來，平平無奇。詩中寫景，衹有六字：“幽篁”“深林”“明月”。“幽”“深”“明”三個形容詞，也普通尋常，毫無新意巧思可言，彷彿衹是隨手寫了眼前景物，没費什麼功夫去刻畫、塗飾。詩中寫人，也衹有六字：“獨坐”“彈琴”“長嘯”。既未繪其漫彈舒嘯之狀，也不見其喜怒哀樂之情，對琴音與嘯聲，亦没花任何筆墨來描狀。

然而，這首小詩却歷來受人推許。它的妙處在於，營造了一種令人自然而然心嚮神往的意境。詩中的月夜深林之景，如此清幽；彈琴長嘯之人，如此超然。可以想見，詩人是在忘却世情、心靈澂淨的狀態下，與本就清幽澂淨的竹林和明月悠然相會，而後命筆成篇的。詩人寫這首詩，全是景之所至，情之所至，物與心會，意與景和。

從全詩的組合看，詩人以彈琴長嘯反襯竹林的静寂，以明月的光影反襯深林的幽暗。似乎信手拈來，隨意寫去，却是静中有動，寂中有聲，明暗映襯，獨得其妙。

自然、平淡的語言風格，與此詩清幽絶俗的意境相輔相成，可謂從自然中見至味，從平淡中見高韻。

相傳北宋詞人秦觀在汝南作官時久病不癒，朋友携王維的《輞川圖》前來探望。秦觀細細觀看，“恍然若與摩詰入輞川”，心悦神愉，病竟不治而愈。一幅《輞川圖》能有如此神效，這既有賴於畫家的丹青妙筆，更主要的原因還在於王維《輞川集》諸詩所啓示的動人遐想。正如宋人方回評價的，王維《輞川集》“雖各不過五言四句，窮幽入玄”。

山居秋暝

空山新雨後，天氣晚來秋。
明月松間照，清泉石上流。
竹喧歸浣女，蓮動下漁舟。
隨意春芳歇，王孫自可留。

題解

晚年的王維在藍田輞川過着半官半隱的生活，《山居秋暝》是這一時期的代表作品。山居，山中居住的地方。暝，日落天黑。這首詩描寫秋日黃昏山景。

秋，是中國古典詩詞中的一個重要意象，這個意象往往和枯竭、衰敗聯繫在一起，所謂“悲秋”。而王維的這首詩，掙脱了悲秋的傳統視野，營造出了一種清新、明淨的暮秋意境，別開生面。

山居秋暝 詩意圖　汪國新 繪

【句解】

空山新雨後，天氣晚來秋

雨後的空山分外清新，秋天的傍晚，天氣格外的涼爽。

或許是受佛家“一切皆空”觀念的影響，王維的詩中常常用“空”字：“夜靜春山空”“空山不見人”“空翠濕人衣”……這些“空”，並非指虛，而是清、靜之義。這裏的“空山”也如此，不是空寂荒涼，而是表現雨後山野的幽靜，是詩人對山的一種感覺。

初秋的傍晚，空曠的山谷，一陣淅淅瀝瀝的秋雨過去，一股清涼的秋風撲面而來。置身於這靜謐的山中，俗世的喧囂聽不到了，官場的傾軋不相干了，連自身的種種欲望也都平息了。詩人因此感到輕鬆愜意，感到山雨過後，萬物都爲之一新。

在首聯爲全詩奠定下清新的基調後，詩人開始具體描繪山中的景致。

明月松間照，清泉石上流

天色已暝，却有初月當空；群芳已謝，却有青松如蓋。雨後的松林顯得格外蒼翠，月光穿過枝葉的縫隙，在林間投下淡淡的影子；山泉也因一場秋雨變得更加清冽，白練似的流瀉於山石之上——這一切，多麼的清幽、明淨！這兩句寫景如畫，有聲有色，却是隨意揮灑，毫不着力。

月光如水，似乎將詩人的心靈也一併洗淨了；山泉淙淙，似乎帶走了詩人的一切煩惱。此時此刻，詩人已經完全沉浸於這靜謐、幽遠的山景之中。突然，不遠處傳來的喧鬧聲打斷了他。

竹喧歸浣女，蓮動下漁舟

竹林裏傳來一陣陣歡聲笑語，那是姑娘們洗罷衣服歸來了；亭亭玉立的荷葉突然在水面晃動起來，原來是漁民的小船捕魚歸來擾動了它們。

日出而作，日落而息，山中人的生活總是保持着和大自然節奏的協調一致。朦朧的月色下，洗衣歸來的姑娘三三兩兩，從竹林裏裊裊而出；早出捕魚的漁民划着小船，順水而歸。這景致本來尋常，但在詩人筆下，却因先有了“竹喧”“蓮動”，頓時變得靈動起來。這樣的寫法，先聞其聲，再見其人，在人還沒出現前，就已經讓讀的人有了無限遐想。而這兩句詩的“動”，又與上兩聯的“空”“靜”相依相襯，於極靜之中突然置入動態，使畫面充滿生機，讀來更讓人尋味。

結束了一天的勞作，人們的心情是那麼輕鬆愉快：姑娘們說說笑笑，漁

夫任小舟輕快地划過湖面。面對這些勤勞淳樸、無憂無慮的人，詩人不由心生欣羨。歸隱山水，在自然的懷抱中平静、安然地生活，正是暮年詩人的追求。因此，詩人發出了這樣的慨嘆：

隨意春芳歇，王孫自可留

春天的芬芳雖已消盡，但山中秋景亦佳，還是值得留下來細細品味的呀！

《楚辭·招隱士》説："王孫兮歸來，山中兮不可久留！"詩人的體會却恰好相反。儘管春天的美景不再，但山中的秋景也别有味道，對此完全可以隨意處之。自己還是留下來，静静體會這裏平静的生活吧。"山中"可以遠離官場塵俗，所以詩人决定要留在山林水間，在這"世外桃源"中保持内心的悠然、寧静。

評解

王維的山水田園詩，詩情畫意相洽，把兩晉南北朝以來描寫自然山水的詩歌藝術提昇到了一個新的高度，王維也因此成爲盛唐山水田園詩派的代表作家。這首《山居秋暝》，是王維山水田園詩的代表作之一。

詩歌用"空山""明月""翠松""清泉""浣女""漁舟"等意象組成了一幅清新、寧静，富有山村生活氣息的秋夜圖，表達了詩人對遠離塵俗、回歸鄉村質樸生活的嚮往。細細琢磨，體會其中的意境，會令人有一種心胸爲之悠然清淨的感覺。

全詩清新自然，不事工巧，近人高步瀛評曰："隨意揮寫，得大自在。"（《唐宋詩舉要》卷四）

山中

荆溪白石出，
天寒紅葉稀。
山路元無雨，
空翠濕人衣。

題解

這首小詩描繪了初冬時節山中景色。詩中所寫的荆溪在藍田，故此詩當作於王維居輞川期間。

山中　詩意圖　張純桂 繪

【句解】

荆溪白石出，天寒紅葉稀

“荆溪”，本名長水，又稱滻水，源出陝西藍田縣西南秦嶺山中，北流至長安東北入灞水。詩裏寫的，大概是其穿行在山中的上游一段。

詩人到山中游玩，行走在山路上，路旁溪流彎彎曲曲，潺潺作響，似乎與人作伴。由於初冬時節雨水稀少，水位下降，山溪變成了涓涓細流，溪底的嶙嶙白石都露了出來。水清石白，顯得特别清淺、明淨。

詩人寫山中冬景，首先點出“溪”與“石”，抓住了初冬山溪的主要特徵。石從水中露出，水因石而作響，山中顯得如此幽静而又不無生機。透過詩篇，我們似乎能看到溪水清瑩澂澈之色，蜿蜒穿行之形，耳邊也彷彿流淌着溪水潺潺、水石相擊的聲音。

天氣轉寒，秋天裏絢爛的紅葉已經凋謝得所剩無幾了了，詩人却在山中意外地發現了幾片。雖然稀少，比不得秋日的萬山紅遍，但這冬日裏的幾抹紅却並不讓人覺得蕭瑟、凄凉，反而讓透着寒氣的陰冷山林有幾分温暖起來。在幾片紅葉隨意的點綴下，初冬的山景既不至於過於荒冷落寞，也不顯得繁縟華艷，清雅柔和，恰到好處。

詩人漫步山中，首先被溪水、白石和耀眼的紅葉吸引。所以，詩的開頭是兩組特寫鏡頭。隨着詩人逐漸深入山中，對初冬之山的感覺越來越深，詩人轉而展示山的全貌。

山路元無雨，空翠濕人衣

冬日的山林，帶給詩人一種奇特的感受：山路上原本没有雨，但蒼翠的山色却濃得潤濕了人的衣裳。

冬天是萬物凋零的季節，“翠”從何而來？原來冬令少雨，山色空明，山中蒼松翠柏經過寒霜浸染後變得更爲蓊鬱葱蘢。所以，山路四週有無邊的濃翠。而“翠”又何以“空”？蒼松翠柏是有形的實物，它們所營造出的蒼翠山色却難以觸摸，是流動的，瀰漫的，空靈的。“空翠”的山色又怎能“濕人衣”？它們是那樣的濃，濃得幾乎可以溢出翠色的汁來，濃得幾乎使整個空氣裏都充滿了翠色的分子。人行於這樣的“空翠”之中，就像被籠罩在一片翠霧裏，整個身心都受到它的浸染、滋潤。恍惚中，一陣微微的凉意襲來，彷彿是這無邊的濃翠打濕了衣裳，所以儘管“山路元無雨”，詩人却感到“空翠濕人衣”了。

初入山中時，詩人還是一個客觀的觀察者，而此時，他已經迷茫在無邊的“空翠”中。視覺、觸覺、感覺的交互作用，使詩人覺得這滿山的濃翠欲流欲滴，從而產生了這樣一種似幻似真的感受。

同樣寫山中無雨而衣濕，張旭的《山中留客》寫道：“縱使晴明無雨色，入雲深處亦沾衣。”“沾衣”是實寫，寫的是雲烟深處濃厚的雲氣能沾濕衣服；而王維“山路元無雨，空翠濕人衣”的“濕衣”却是幻覺，抒寫的是濃翠的山色給人的詩意感受。兩首詩一實一虛，各臻其妙。

評解

蘇東坡在《書摩詰藍田烟雨圖》中盛讚“味摩詰之詩，詩中有畫”，就曾以此詩作爲例證。讀罷這短短二十字，的確使人有觀賞山水畫卷的感受。詩的前二句類似繪畫的工筆摹繪，繪形生動逼真，着色明艷協調；後二句則類似潑墨渲染，以大筆染過一片空翠之色，使之在整個空間瀰漫開去，形成一種迷蒙之色、無雨之雨，神韻、意境俱出。

和王維某些專寫静謐境界而不免帶有清冷、虛無色彩的詩歌相比，這一首小詩同樣表現出了詩人的閑適和澹泊，但却多了幾分生機，毫無蕭瑟、枯寂之感。

山中送别

山中相送罷，
日暮掩柴扉。
春草明年緑，
王孫歸不歸？

題解

詩題“山中送别”，顧名思義，寫的是詩人於山中送别友人。一般認爲，此詩作於王維隱居輞川期間。

送别詩一般都側重寫送别的過程，如送别時的景色、宴飲，送别時的殷殷話别、依依不捨，等等。而這首詩另闢蹊徑，直接從送别之後寫起。

山中送别　詩意圖　汪國新 繪

【句解】

山中相送罷，日暮掩柴扉

詩人在自己隱居的山中送別了友人，太陽西落時，他掩上柴門。

詩歌一開頭，就告訴讀者相送已罷，把送行時的話別場面、惜別情懷，用一個看似毫無感情色彩的“罷”字一筆帶過。如此平淡，難道這場送別對詩人來説衹是例行公事一般？

第二句又一下從白天送走友人，跳躍到傍晚關上柴門。在這段時間内，詩人做了什麽、想過什麽，詩裏都没有説。詩人的内心，真的那麽平静，没有生起一絲波瀾？

有過離别體驗的人都知道，行人將去的片刻固然令人依依不捨，但離别後的獨處，纔更令人黯然神傷。此時，獨自一人的追懷、遥想，反復的體味、咀嚼，都使那份寂寞之感、悵惘之情，變得更加濃重，更加稠密。在這離愁别恨最難排遣的時刻，要寫的東西也必定是千頭萬緒的。可是，詩人衹輕輕描寫了一個“掩柴扉”的舉動。太陽西落，掩門閉户，這衹是一個尋常得不能再尋常的動作，但却已經足以讓我們浮想聯翩：掩門之前，詩人是不是一直在思念友人？他是怎樣打發漫漫白日的？白天終究還是相對熱鬧的，在繼日暮而來的黑夜裏，在週圍一切都安静下來之後，詩人又將如何度過這漫漫長夜？

原來，詩人所有的不提不説，並不意味着是以平淡或者冷淡對待這場送别。送别雖罷，離情未罷，思念未罷，反而愈發沉重、綿長，無法排遣。“日暮掩柴扉”，是因爲友人離去，孤寂無聊，再也没有往日“松風吹解帶，山月照彈琴”那樣的閑情逸致，也無心再去欣賞“明月松間照，清泉石上流”的山中晚景。獨自掩門，無非是想讓自己平静下來，静静地懷想，静静地沉思。

春草明年緑，王孫歸不歸

待到明年春天，青草就緑了，你還回來不回來呢？這是詩人掩門後的所思所想。《楚辭·招隱士》中有“王孫游兮不歸，春草生兮萋萋”之句，感嘆游子久去不歸。詩人化用此句，可見直到日暮，他仍爲離思所籠罩——雖然剛剛分手，已盼友人早日歸來，又怕其久不歸來了。

“王孫歸不歸”，本應是相别之際詢問友人的話，却成了詩人獨自思忖之辭。他對友人的深深思念，對早日重聚的急切期待，都包含在這一句問話中。詩人默默自問，却無法自答。

明人唐汝詢在《唐詩解》中將此詩解爲："扉掩於暮，居人之離思方深；草緑有時，友人之歸期難必。"春草必定一年一緑，而友人的歸來與否，却還有無數的未知和懸疑。想到這些，詩人大概要徹夜難眠了。

評解

王維五絶，極善於選取一種獨特的情景片斷，從一個特殊的角度，傳情達意。此詩即爲很好的代表。詩寫送别，却並不直接寫離别情態，而是將筆觸直接伸嚮别後，以别後情景反襯惜别之意，構思非常巧妙。

全詩明白如話，看似平淡，却餘味悠長，令人低回想象於無窮。詩人對友人的依依不捨與别後的無盡思念，不著半字，却見於言外，深厚、真摯，令人神遠。

酬張少府

晚年惟好静，萬事不關心。
自顧無長策，空知返舊林。
松風吹解帶，山月照彈琴。
君問窮通理，漁歌入浦深。

題解

這首詩是詩人晚年居輞川時所作。題目冠以“酬”字，應是張少府先有詩相贈，王維再寫此詩爲酬。張少府，不詳何人。少府，縣尉的别稱。

酬張少府　詩意圖　馬泉 繪

【句解】

晚年惟好静，萬事不關心

詩人一上來就説，自己老了，衹喜歡清静，對所有的事情都漠不關心了。

讀到這兒，不由讓人心生疑惑："少年識事淺，强學干名利"的王維，壯志躊躇、誓言"濟人然後拂衣去，肯作徒爾一男兒"的王維，懷着滿腔熱血寫過《隴西行》《老將行》等詩篇的王維，何以會發出"萬事不關心"的消極唱嘆呢？由熱衷進取到黯然思退，這種轉變背後究竟隱藏着什麽？

自顧無長策，空知返舊林

詩人自己的回答是，他自念没有什麽治國安邦的良策，衹好回到曾經居住過的山林。

事實果真如詩人所言嗎？和自比"大鵬"的同時代詩人李白相比，王維要低調得多，他極少去張揚自己的政治才能。即便在寫給張九齡以求汲引的詩中，也僅僅評價自己"任智誠則短，守仁固其優"，説自己才智並不足，却能堅守仁義之道，這樣的自我評價可謂相當謙虚中肯。儘管如此，王維對自己的政治才能仍有着足够的自信。所謂"自顧無長策"，真實的含義在於，不是"我"没有治國安邦之策，而是"我"的"長策"不能爲世所用。

開元末年，有"賢相"之譽的張九齡被李林甫取代後，朝廷政治局面日趨黑暗。儘管在李林甫當政期間，王維並未受到多少直接的排擠、迫害，官職反而還有所昇遷，但他内心的矛盾却日益深重。在嚴酷的現實面前，他既不願意同流合污，又深感自己無能爲力。此時的大唐，早已不是王維此前曾盛情謳歌過的那個"聖代無隱者，英靈盡來歸"的時代。出路何在？詩人最終選擇了這樣一條路：退居山林。

陶淵明曾有詩云："少無適俗韻，性本愛丘山。誤落塵網中，一去三十年。羈鳥戀舊林，池魚思故淵。開荒南野際，守拙歸園田。"陶淵明將渾濁的官場比作塵世的大網，用舊林指代大自然，他認爲衹有在自然的山水田園中，纔能保持心性的自由、平和。王維所要歸返的"舊林"，也正是此意。然而，一個"空"字，又透露了詩人平静的外表下，隱隱作痛的心靈。一切都成空：曾經的追求夢想，曾經的豪情壯志。如今的自己，空空如也。

松風吹解帶，山月照彈琴

退居山林的詩人，過着自由自在、悠然自得的生活：迎着松林吹來的清風，解開衣帶敞開胸懷；在山間明月的照映下，獨自一人彈琴抒懷。

此時，在詩人眼中，大自然的一景一物，都是那麼的親近可愛：松風有意，吹人解帶；山月多情，照人彈琴。在大自然中，有松風、山月相伴，詩人没有絲毫的寂寞孤獨，沉心於自得和閑適中。是啊，比起終日碌碌的官場生涯，這種解帶自適、彈琴自娱的生活是多麼令人舒心愜意！

松林、清風、明月、素琴，都含有高潔之意。詩人追求隱逸生活的閑情逸趣，也許是逃避現實、自我麻醉，但不管怎樣，總比同流合污、隨波逐流好。

君問窮通理，漁歌入浦深

“窮”，失意，不得志。“通”，仕途通達。

詩人對嚮他討教的張少府説：您要問有關窮通的道理，我祇有唱着漁歌乘着小舟，去嚮那河流深處。

得意與失意，入世與出世，是一篇大文章，也是古代士人最爲關心的命題。孔子曾説“用之則行，捨之則藏”，又説“天下有道則見，無道則隱”。後代士人大多都遵循這一條路。而王維却對這一問題避而不答，祇云“漁歌入浦深”。

“漁歌”，暗用《楚辭·漁父》的典故——屈原被流放，行至江畔，有漁父對他歌曰：“滄浪之水清兮，可以濯吾纓；滄浪之水濁兮，可以濯吾足。”水清，喻世昭明；水濁，喻世昏暗。漁父所唱的，也正是孔子所言的出處行藏之道。王維借用“漁歌”的典故，似乎在説：環境通明就出來做一番事業，環境險惡就放棄名利，歸隱山林，豁達者無可無不可，又何必以窮通爲懷呢？但聯繫上文，他似乎又在説：世事如此，還問什麽窮通之理，不如像我一樣歸隱山林吧。

“漁歌入浦深”，指的正是輞川那一片“浮舟往來，彈琴賦詩，嘯詠終日”（《舊唐書·王維傳》）的悠閑自適的小天地。詩的結尾，淡淡勾出一幅畫面，含意深婉，餘味無窮。

評解

這首詩境界清幽，筆墨素淡，呈現出一種閑澹冷寂、悠然自得的情趣，表現了詩人晚年遠離現實、恬淡好静、萬事不問、隨緣而安的生活態度，也流露出對黑暗政治的不滿和内心的矛盾苦悶。

宋人張戒在《歲寒堂詩話》中説：“韋蘇州詩，韻高而氣清。王右丞詩，格老而味長。雖皆五言之宗匠，然互有得失，不無優劣。以標韻觀之，右丞遠不逮蘇州。至於詞不迫切，而味甚長，雖蘇州亦所不及也。”且不論張戒評王維、韋莊的優劣是否準確，以“詞不迫切，而味甚長”八字來評這首《酬張少府》，實在再準確不過了。

明人李沂對這首詩評價甚高，曰“意思閑暢，筆端高妙，此是右丞第一等詩，不當於一字一句求之。”

渭川田家

斜光照墟落，窮巷牛羊歸。
野老念牧童，倚杖候荆扉。
雉雊麥苗秀，蠶眠桑葉稀。
田夫荷鋤至，相見語依依。
即此羡閑逸，悵然吟式微。

題解

自古以來，中國就是一個農業大國。中國人對農業的無比重視，不僅源於農業生產是人們生活的基本保障，也源於中國人對鄉村的一種天然親近感。人們相信，鄉村是最接近自然的地方，在寧静的鄉村裹，無論多麼浮躁的心靈，都能够歸於平静。王維的這首詩就是一篇鄉村游記，創作時間待考。

渭川，即渭河，發源於甘肅，經陝西流入黄河。夕陽西下，夜幕將臨，詩人在陝西鄉村見到了一幅恬然自樂的農家晚歸圖，油然而生羨慕之情。詩的核心是一個“歸”字。

渭川田家　詩意圖　杜滋齡 繪

【句解】

斜光照墟落，窮巷牛羊歸

傍晚的村莊籠罩在柔和的太陽餘輝中，安詳静謐。夜色降臨，歸家的牛羊却一點也不着急，慢慢地，慢慢地，彷彿走在没有盡頭的小路上。

西斜的夕陽照着偏僻的村落，暮色蒼蒼，起句就給人寧静、祥和之感。詩人以此作爲總背景，統攝全篇。緊接着，便一筆落在了“歸”字上，描繪牛羊徐徐歸村的情景。牛羊之歸，雖是動態，却顯得那麽悠閑，那麽安定。

“鷄栖於塒，日之夕矣，羊牛下來。君子於役，如之何勿思！”《詩經》中的這首詩描寫的也是夕陽西下，牛羊回家。詩中的主人公是一位癡情的妻子，她呆呆地看着鷄回巢、牛羊歸村，思念着遠征的丈夫，觸景傷情，發出了“如何纔能不想你”的哀嘆。王維也同樣專注地目送着牛羊歸村，直到它們消失在小巷的盡頭。和那位妻子不同的是，此時的詩人看到了更爲動人的情景：

野老念牧童，倚杖候荆扉

柴門外，一位慈祥的鄉村老人拄着拐杖，正迎候着放牧歸來的小孩。這位老爺爺真是太挂念小孫孫了。樸素的散發着泥土芬芳的深情感染了詩人，他似乎也分享到了牧童歸家的樂趣。頓時間，他感到這田野裏的一切生命，在這個黄昏時節，似乎都在思歸，都要回家。不是嗎——

雉雊麥苗秀，蠶眠桑葉稀

“雉”，野鷄。“雊”，雄雉鳴，也泛指雉鳴。“秀”，穀類抽穗開花。

吐穗的麥田裏，傳來野鷄陣陣啼鳴；桑樹林的桑葉稀稀拉拉，那是因爲蠶兒們吃飽了，開始吐絲作繭，營造自己的安樂窩。

在一天行將結束時，鄉村的各種動物都已找到自己的歸宿。那鄉村的人呢？

田夫荷鋤至，相見語依依

田野上，農夫們三三兩兩，扛着鋤頭歸來。他們在田間小路上碰在一起，親切地交談着。辛勤的農夫們在這個時刻是最快樂的，不僅因爲一天的辛勞結束，可以回家休息了，也是因爲看到正在吐穗的麥苗，滿懷着對豐收的希望吧。

同樣寫晚歸，王維筆下的農夫是“相見語依依”，輕鬆快樂；陶淵明却是“晨興理荒穢，帶月荷鋤歸。道狹草木長，夕露沾我衣”。清晨就去除草的陶淵明，到了月亮昇起纔回家，走在田間小路上，衣服都被夜露打濕了。

這種親自耕作的辛勞、艱苦，王維自然没有體會。他眼中的鄉村生活，衹是一片淡泊無拘、恬然自樂，讓他心嚮往之。

即此羡閑逸，悵然吟式微

《式微》是《詩經》裏的一首詩，詩中反復詠嘆："式微，式微，胡不歸？"意思是：越來越壞，越來越壞，你爲什麽還不回來？

面對農夫們悠閑安逸的生活，詩人很是羡慕，然而，他衹能滿心惆悵地吟吟《式微》這首詩。

大唐開元二十五年（737），宰相張九齡被排擠出朝廷，朝政被李林甫把持。在李林甫擔任宰相的十九年裏，一個個正直、有才能的大臣遭到排斥，一批批鑽營拍馬的小人受到重用提拔。此時的王維，深感政治上失去依傍，進退兩難。在這種心情下他來到田野鄉村，看到不獨農人，就連蟲鳥亦自有所歸，惟獨自己處在彷徨迷茫中，怎能不既羡慕又惆悵呢？其實，農夫們的生活並不如詩人想象的那麽閑逸。但詩人覺得和自己的官場生活相比，農夫們安然得多，自在得多。

"悵然吟式微"，詩人以此抒發自己急欲歸隱田園的心情。這一句是全詩的靈魂。前面寫了那麽多的"歸"，實際上是反襯，以人皆有所歸，反襯自己獨無所歸；以人皆歸得及時、愜意，反襯自己混迹官場的孤單、苦悶。

評解

全詩不事雕琢，純用白描，寫的雖是初夏傍晚極其尋常的鄉村景色，却自然清新，詩意盎然。詩歌風格很近於陶淵明，但細讀下來，却比陶詩來得精緻。《彙編唐詩十集》曰："右丞妙於田家，此是其得意作。"

在人們的心中，鄉村田園生活代表着安寧、自由、和諧，因此，歸隱田園成爲許多詩人的夢想追求，王維也是其中的一個。同田園詩的開山大師陶淵明一樣，王維認爲鄉村是能放縱性情、返璞歸真的地方。不過，陶淵明在《歸園田居》等作品中所描寫的"種豆南山下""相見無雜言，但道桑麻長"等躬耕自食、與山野農夫親切交往的場景，在王維的詩中很少見。更大程度上，王維衹是一位鄉村生活的旁觀者。

新晴野望

新晴原野曠，極目無氛垢。
郭門臨渡頭，村樹連溪口。
白水明田外，碧峰出山後。
農月無閑人，傾家事南畝。

題解

詩題一作《新晴晚望》。全詩描繪初夏時節，雨過天晴，詩人眺望原野所見到的田園風光。創作時間不詳。

新晴野望　詩意圖　張純桂 繪

【句解】

新晴原野曠，極目無氛垢

“極目”，窮盡目力。“氛垢”，塵霧。

雨過天晴，詩人站在高處，極目遠眺，衹見原野顯得格外空曠開闊，空氣清新，明淨得一點兒塵埃都没有。

開篇兩句，概寫詩人“新晴野望”的感受：經過雨水的洗滌，空氣顯得格外清新明淨，一塵不染；縱目四望，雨後的田野不僅開闊而且明亮，讓人可以看到很遠很遠，彷彿可以把目光用盡似的。

詩人僅僅用了十個字，就牢牢抓住了雨後新晴的景物特徵。讀者也一下子被引進到這一特定的情境中去，隨着詩人一起遠眺。

郭門臨渡頭，村樹連溪口

“郭門”，外城門，也泛指城門。

遠處，村口的城門矗立在河邊渡頭旁，村裏的樹木緊緊相連，一直延伸到小溪邊。中國古代的城市大都設有人工開掘的護城河，高高的城墻就緊靠着護城河。但也有一些靠着江河的城市，因地制宜，以天然的江河爲護城河，形成了“郭門臨渡頭”的情形。詩中這個臨水的村落便是如此。

一座臨着溪水的山村，村子的門樓緊靠着渡口，村中緑樹環抱，一直伸延到溪邊。溪水的白，城門的灰，村樹的緑，在陽光的普照下交相輝映。這是一片多麼令人神往的景色！而在平時，是不可能看得如此清晰分明的。隨着雨過天晴而變化的，還不止這些——

白水明田外，碧峰出山後

銀白色的河水在麥田外閃動着粼粼波光，青碧的山峰在連綿的群山後傲然挺立。一場夏雨，改變了天空，改變了村莊，也改變了山和水。因爲雨後水漲，晴日照映下，田野外的河水顯得異常明亮；近處的山脊背後，平日模糊的遠峰也清晰地顯現出來，遠近相襯，比平時更富層次。

這兩句詩對仗工整，音韻優美，“明”“出”二字用得尤其巧妙。“明”在這裏是形容詞用作動詞，在雨後陽光的照耀下，溪水兀自明亮着，晃人眼目。與“明”相對應的“出”，將山峰擬人化了：遠處碧色的峰巒，就彷彿一個個調皮的孩子，突然出現在群山的身後，讓人驚奇。

讀到這裏，一幅絶妙的圖畫已經儼然眼前：開闊的原野，恬静的村莊，清亮的溪流，兀立的山巒，這些在雨水洗滌下爲之一新的景象，錯落有致地分佈在畫面上，有層次，有格局，有色彩，有明暗，意境清幽。然而，這樣一幅畫，雖然秀美，却總顯得有些空曠，缺乏生機。於是，詩人在最後兩句，給這幅静態畫面加上了動態的人物：

農月無閑人，傾家事南畝

“南畝”，《詩經》有“今適南畝，或耘或耔”，指到南邊的田地裏耕耘播種，後來南畝便成爲農田的代稱。

初夏正是農忙季節，收割麥子、播種秧苗都在這個時候。而此時正值雨過天晴，農民們自然更要抓緊這有利的時機，傾家而出，到田地裏勞作。農家人忙碌的身影，頓時給田野平添了無限生意。

這樣的結尾，虚寫一筆，却使整個畫面都生動了起來。詩人筆下的田園風光，不僅景色秀美，而且有着濃郁的生活氣息，充滿詩情畫意，一片祥和安樂。

評解

詩人對自然的敏鋭感覺，使他看到了夏天最美麗的景色、最生動的場景。這首詩就像一幅水墨淡彩，它没有刻意雕琢，没有五彩紛呈，衹是淡淡寫來，自然樸素，却幽雅雋永，耐人尋味。從詩中，我們不難感受到詩人熱愛自然、眷戀田園的情懷。純乎寫景，無一語言情，却又充滿感情，這也是王維詩歌寫景藝術的高超之處。

鳥鳴澗

人閑桂花落，
夜静春山空。
月出驚山鳥，
時鳴春澗中。

題解

這首詩是王維《皇甫岳雲溪雜題五首》之一。皇甫岳，生平事迹不詳，王維另作有《皇甫岳寫真讚》，言其“燒丹藥就，辟穀將成。雲溪之下，法本無生。”雲溪，地名，皇甫岳的住處。詩人爲雲溪之景所醉，連續寫下了五首詩。

鳥鳴澗　詩意圖　李鳴泉 繪

【句解】

人閑桂花落，夜静春山空

人閑着，感覺到桂花飄落。夜静悄悄的，春天的山林彷彿空空如也。

俗語説“八月桂花香”，關於這首詩中的桂花，頗有些分歧意見。一種解釋認爲桂花有春花、秋花、四季花等不同種類，此處所寫的當是春日開花的一種。另一種意見認爲文學作品並不一定要照搬生活，傳説王維畫的《袁安卧雪圖》，在雪中還有碧緑的芭蕉，出現了現實生活中不可能同時出現的事物，所以此處桂花爲秋花也不爲錯。但聯繫《皇甫岳雲溪雜題五首》的其他四首來看，每一首均寫一處風景，接近於風景寫生，而不同於一般的寫意畫，因此詩中的桂花解釋爲山中此時實有的春桂爲妥。

桂樹枝繁葉茂，花瓣細小，花色淡黄或淺白。這樣的花落，悄無聲息，並不易發現。而詩人竟是如此的敏感，能在一片夜色中覺察到細微的桂花從枝上落下。這其中的原因，在於前面的“人閑”二字。“人閑”，是身閑，没有什麽事務煩擾，更是心閑，内心閑静、安寧，没有任何雜念、挂礙。在静謐的山中，心静氣閑的詩人纔能對大自然的一呼一息、一颦一笑如此敏感。

顯然，在夜間，詩人並不能看清桂花從枝頭脱落、在空中飄零、最後着地的情態。他能捕捉到這種“落”，也許是花兒飄落在他衣襟上所引起的觸覺，也許是聽到了衆多花兒離枝落地的那一點聲響，也許是聞到了花瓣飄墜時所發出的一絲芬芳……

在這春山中，萬籟都陶醉在夜的色調、夜的寧静裏。因此，詩人感到山空了。這裏的空不是空空蕩蕩，空無一物，而是一片空曠、空寂，一片静謐。可以想象，白天的“春山”會是另一幅模樣：春和日麗、鳥語花香，時不時夾雜着人們的歡聲笑語。而此時，夜深人静，山林也空閑了下來。隨之而“閑”的，還有詩人的心境。“人閑”所以覺察到“夜静”，“夜静”纔能意識到“山空”。詩人的心境和春山的氣氛，是互相契合而又互相作用的。

隨着時間的推移，月亮漸漸東昇，爬上山崖，透過密林，灑下一片清輝。月光之皎潔明亮，使幽谷的景象頓時發生了變化。

月出驚山鳥，時鳴春澗中

月亮昇起，使山鳥驚覺起來，時不時地在春天的山澗中鳴叫。

鳥驚，是由於它們已習慣於山谷的静默，連月出也帶有新的刺激。但鳥雖驚，却並不像曹操筆下的烏鵲“繞樹三匝，無枝可依”。它們並不飛離春澗，甚至根本没有起飛，衹是在林木間不時地發出一兩聲啼鳴，在春夜的澗谷中回響。

在静極的山林間，這啼鳴之聲顯得特別清脆而悠遠。而這一兩聲清脆而悠遠的鳥鳴，看似打破了夜的寧静，實則更加襯托出了深山的静謐與空幽。待到鳥鳴結束後，山中的寧静顯得更加無邊無際。這好比將一粒石子投入平静的水面，等到漣漪消失之後，水面會顯得格外平静與深沉。

以動襯静，動静相生，是王維詩歌中常見的手法。詩中的花落、月出、鳥鳴，這些“動”，既使詩顯得富有生機而不枯寂，又更加突出地顯示了春澗的“静”。

評解

全詩以淡淡的筆墨，清淳的意趣，澹泊的韻味，渲染成一幅春山夜景的水墨小品，展現了一個遠離塵囂的幽静境界。在這一境界中，我們既可以體味到詩人心靈的空寂閑静和精神的超然出塵，又能感悟到情與景在詩中融爲一體的渾然。沈德潛在《唐詩別裁集》中評論此詩“迥出常格之外，任後人摹仿不到。”

王維素有“詩佛”之稱，他的很多詩都被認爲是充滿禪意的作品。也有人認爲，這首詩中人的閑適，夜的静寂，山的空曠，鳥的鳴叫，而後的再次平静，反映了佛教虛幻寂滅的思想。但對大多數讀者而言，這首詩的魅力還在於它清幽的意境和雋永的詩意。

過香積寺

不知香積寺，數里入雲峰。
古木無人徑，深山何處鐘。
泉聲咽危石，日色冷青松。
薄暮空潭曲，安禪制毒龍。

題解

此詩是王維後期作品，具體創作時間待考。香積寺，唐代佛寺名，故址在今陝西長安縣，爲中國佛教淨土宗祖庭。香積是佛教傳説中衆香國的佛的名字。唐人游香積寺的詩文很多，以王維的這一首最爲有名。

過香積寺　詩意圖　陳惠冠 繪

【句解】

不知香積寺，數里入雲峰

詩人去訪香積寺，却不知道它究竟在哪裏。穿行數里後，詩人進入了白雲繚繞的山峰。

尋訪香積寺，這是詩人嚮往已久，一時興起，還是聞訊即往，率性而爲？不管是何種情況，我們都能感受到詩人的自在灑脱。

茫茫山林中，詩人舉目四望，衹見白雲迷漫，如何辨出前往香積寺的道路？

古木無人徑，深山何處鐘

古樹參天的叢林裏，杳無人迹，也没有可供人行的小路。突然不知從何處飄來一陣鐘聲，在深山裏回響。

在深山裏聽到鐘聲，往往就意味着佛寺已到。唐代僧人靈一《宿静林寺》詩言“山寺門前多古松，溪行欲到已聞鐘”，説的正是此意。

在很多詩文裏，寫到佛寺也都寫到了鐘聲。如周繇《登甘露寺》：“日暮疏鐘起，聲聲徹廣陵。”許渾《晚投慈恩寺呈俊上人》：“古廟陰風地，寒鐘暮雨天。”張繼《楓橋夜泊》：“姑蘇城外寒山寺，夜半鐘聲到客船。”在這些詩中，鐘聲總是陪伴着寂寞、悲切，夕陽下、暮雨中、寒夜裏，寥落的鐘聲把人們帶到了清冷的佛門世界。

而對於此刻正在尋訪香積寺的詩人而言，突然傳來的鐘聲，帶給他的更多是驚奇和欣喜。在白雲繚繞的山中已經走了很久，山路上始終不見人迹，詩人難免有些迷茫。這時一陣鐘聲突然在耳邊響起，雖然還不知是從何處發出的，但這意味着詩人所要尋訪的香積寺就在附近。久尋忽得，詩人自然免會欣喜了。

詩中的“何處”二字，看似尋常，却用得絶妙。正由於山高林密，纔使人不知鐘聲從何處而來，這使本來就很寂静的山林又蒙上了一層迷茫、神秘的色彩。無人的小路、隱隱的鐘聲、參天的古樹、疊嶂的群山，這一切告訴我們，詩人正身處於一個幽静偏遠的方外世界。

泉聲咽危石，日色冷青松

泉水在嶙峋的石巖間艱難地穿行，彷彿痛苦地發出幽咽之聲；陽光穿過青翠濃密的松林，似乎變冷了許多。

這是詩人的所見、所聞、所感。“咽”“冷”二字，用得非常傳神。山中危石聳立，泉水受到阻擋，衹能緩慢地、時斷時續地流淌，發出的聲音就像人的嗚咽一般，細小、低沉。這樣微弱的聲音還能被人聽見，更可見山之幽、之深。夕陽西下，昏黃的餘暉塗抹在層層疊疊的松葉上，泛出一片青綠、幽暗的冷光，日色似乎也因而顯得陰冷。可以想見，這裏的松林是如何茂密幽深！聽山泉聽出幽咽之聲，看落日看出幽冷之色，這正是詩人移情於物，創造了“有我之境”。

薄暮空潭曲，安禪制毒龍

詩的最後兩句借用一則佛教典故：在西方一個水潭中，曾有一條毒龍，其性暴急，經常出來傷害人畜。佛門的高僧以無邊的佛法制服了毒龍，使它離開了水潭，永不傷人。“潭曲”，指佛經中毒龍居住的宅窟。“安禪”，佛教術語，僧人坐禪時心神晏然入定。“毒龍”，佛經用以比喻人的妄念、邪惑。佛家認爲，須通過禪的修習活動，使人心注一境，静慮澂心，生出破除妄惑的智慧，從而袪除内心的妄念，這即爲“安禪制毒龍”。

所謂“空潭曲”，潭曲本是毒龍的住地，現在却空無所有，那是因爲毒龍已被制服。黄昏時分，詩人突然體悟到禪理，所有欲望、邪念頓時消散雲中，心靈也隨之得到了超脱。

詩人在前面所寫的尋訪香積寺的一路風景，都是爲了營造幽静空寂的意境。而營造這種意境，是爲了抒寫自己嚮往袪除一切塵世煩憂，遏除妄念的心境。詩歌最後兩句，正是詩人心迹的自然流露。

評解

王維的詩歌創作受到佛教和禪宗思想很深的影響。他的很多詩，都包含着深遠的禪意，但往往都是禪在詩意中，禪在文字外，“不著一字，盡得風流”。而這首《過香積寺》則摻入禪語，直接闡述佛家思想，可視爲一首佛理詩。歷代有很多以佛入詩、以詩釋佛的作品，但像此詩一樣有影響者並不多見。其成功之處便在於，詩人將這種宗教的觀念與感情真正化爲了詩的語言、詩的意境。

清人趙殿成評此詩曰：“此篇起句極超忽，謂初不知山中有寺也。迨深入雲峰，於古木森叢人踪罕到之區，忽聞鐘聲，而始知之。四句一氣盤旋，滅盡針綫之迹，非自盛唐高手，未易多覯（覯，遇見）。‘泉聲’二句，深山恒境，每每如此。下一‘咽’字，則幽静之狀恍然；著一‘冷’字，則深僻之景若見，昔人所謂詩眼是矣。”